突 破 认 知 的 边 界

吃喝玩乐

[新加坡] 蔡澜 著

by
Lam Chua

目录 Contents

第一章 乐观的人运气好

寻开心	002
教养	004
玩	006
花你多少	008
乐观	010
文抄公	012
爱情和婚姻	014
减压功	016
梦	020
人生友人	022
"五十肩"复发的故事	024
双毒齐下	028
感冒药	032
命	034

大概想通了，运气跟着好。

第二章 市井趣味

杀价的乐趣	038
拉倒	042
怎么可能	044
例子	046
钻石王老五	048
精	050
宠物乐	052
神秘猫	055
店铺中的猫	057
干杯	059
淫食文化	069
诚实的假表商	071

来，干一杯吧。

第三章 奇人异士录

染发膏	074
倪匡减肥法	076
故事	078
何藩	080
丁雄泉先生	082
苏美璐	084
埋葬	086
笑儿	088
何嘉丽	090
陈小姐	092
小刀	094
老人与猫	099
人间市标	103
一技之长	105
二窟	107
田记花店	109

有些老友，忽然间想起，特别思念过往相处的一段时光。

第四章 潇洒自在

一个人的生活	118
要你命的老朋友	120
莫再等待明年	124
疏狂	126
折磨	128
不能共存的女人	130
闷蛋都市	134
换	136
走眼	138
笑话集	140
讨酒的故事	142
换父母	144
中文输入法	146
外面下雪	150
别绑死自己	152
餐厅监制	156
食品监制	158
微博十年	160

做人及时行乐最重要。

第五章 书籍与电影

《舒尔茨和花生》	166
聊斋诗词	170
学	172
巧合	174
御徒町	176
比小说更离奇	178
《柳北岸诗选》	180
剧院叟影	182
好莱坞电影	186
电影火凤凰	190
科幻电影	194
大排档	197
有声书的世界	201
猫书	204

一天有读者，一天活。

第六章 吃的艺术

吃东西要懂得欣赏基础，才能毕业。

家常菜	208
食桌	212
蔡家蛋粥	214
试吃《随园食单》	216
小插曲	218
基础菜	220
米的广告	222
蒸大猪	224
冻	226
错综复杂蛋	228
蛤和鲥	230
家常汤	232
问老僧	236
笋	238
蝉	240
虾饺	242
猪肠胀糯米	244
海南鸡饭	246
白灼	248
啤酒	250
牙痛食谱	252
反对火锅	254

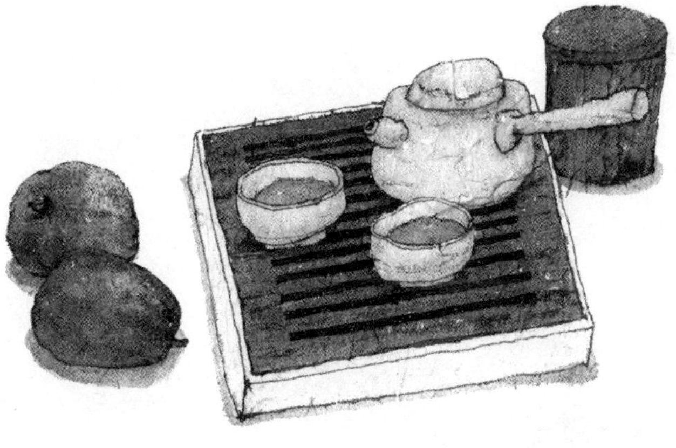

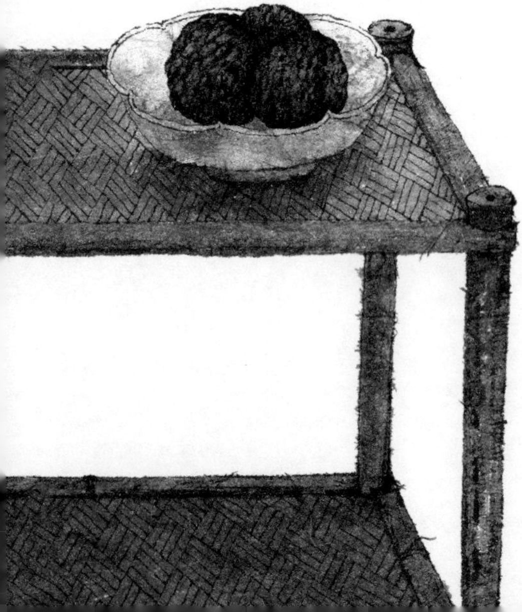

第一章

乐观的人运气好

大概想通了,运气跟着好。

寻开心

"寻开心"这个字眼,原有贬义,是无赖的行为。

"你在寻什么开心?"当对方说这句话时,是骂你无事找事做。

现代的诠释已经不同。做人,的确是要寻开心,这样才是积极快乐由自己创造,书本、音乐、种花、养鱼,都是开心的源泉。

家庭主妇买菜,为了能够减一两毛钱,也乐个半天。到超市比价,看哪一家的面纸卖得便宜一点,一天也能快活地度过。

不过也有宿命论:不开心的种,养出不开心的人;父母闷闷不乐,做儿女的想挤也挤不出一个笑容。快乐与否,完全由天生个性决定,再努力也没有用。除非你是一个以为人定胜天的人,这种"以为"的态度,已是积极。改变个性和命运的例子,还是有的。

回顾一下,有什么事能令你大笑一场?那么,重复去做吧!绝对没错。

我说过要一天比一天活得更好,说的是生活质量的提高,不一定靠金钱,但需要付出努力。花时间研究任何事,结局是都能变为专家,一变成专家就能挣钱。烦恼总是不断出现,有什么方法应付?学《花生漫画》的史努比呀!在草原上跳舞,大叫"日日是好日"。

或者,为在意别人怎么看你,又烦恼了。再次学史努比呀!在草原上跳舞,大叫:"一万年后,又有什么分别?"

多想想那些让自己开心的事。想,是不花钱的,大家寻开心去也。

教养

我整天说应该提高生活质量，一天比一天活得更好。大家即刻反应："钱呢？"

"并不需要大量的金钱。"我说，"有时反而能赚钱。"

众人示我不信的眼光。

举一个例子。义兄黄汉民曾经教过音乐，上一次我去新加坡时和我聊起男高音，说目前的那三个，还不如Gigli（贝尼亚米诺·吉利）和Caruso（恩里科·卡鲁索）。

我也赞同，小时受熏陶，也是那两位大师的作品，当年收藏的七十八转黑胶唱片已经不知道在哪儿了。好久没听他们的歌，偶尔在收音机中接触罢了，想买几张送汉民兄，何处觅？

跑去尖沙咀的HMV（唱片店）找。好家伙，五层楼都是CD和VCD，男高音属于经典乐部分，在顶楼，和爵士在一起。

一口气跑上去，唱片多得不得了，但客人只得我一个，一位年轻人坐在柜台后，自得其乐地听交响乐。

看了一阵子，找不到我要的那几张，只好跑去问："到底还有没有人出吉利和卡鲁索的唱片呢？"

"当然有。"年轻人带我到一个角落，娴熟地找了出来，"这一排都是。"

嘻，可多得不知要选哪几张。只好先挑些他们的代表作，其他较为冷门的歌剧留下次慢慢听吧。

"你从小喜欢古典音乐？"我问。

年轻人笑着摇头："起先不懂，做了这份工慢慢学的。"

"现在呢？"

"少一点钱我也愿意干。"他回答。

"最大的愿望是什么？"

他又笑了："存够钱，去外国听演奏会。"

种花、养鸟、书局、乐器店，等等，都是让我们一天比一天活得更好的学校。

玩

很多年前，我写了一本书，叫《玩物养志》，也刻过同字闲章自娱，拿给师父修改。

"玩物养志？有什么不好？"冯康侯老师说，"能附庸风雅，更妙，现代的人就是不会玩，连风雅也不肯附。"

香港是一个购物天堂，但也不尽是一些外国名牌，只要肯玩，有心去玩，贵的也有，便宜的更可随手拈来。

很佩服的是苏州男子，当他们穷极无聊时，在湖边舀几片小浮萍，装入茶杯里，每天看它们增加，也是乐趣无穷。我们得用这种心态去玩，而且要进一步研究世上的浮萍到底有多少种类。从浮萍延伸到其他植物，甚至大树，最后不断观察树的苍梧，为它着迷。

研究的过程中，我们会看很多参考书，从前辈那里得到宝贵的知识，还把那个人当成知己。朋友随之增多。慢慢地，自己也有了些独特的看法，大喜。以专家自称时，看到另一本书，发现原来同样的知识数百年前古人已经知晓，才懂得什么叫羞耻，从此做人更为谦虚。

香港又是一个卧虎藏龙之地，每一行都有专家，而怎么成为专家？都是努力得来的。对一件事物发生了浓厚的兴趣，再怎么辛苦，也会去学精。当你自己成为一个或者半个专家后，就能以此谋生，不必再替别人打工了。

教你怎么赚钱的专家多的是，打开报纸的财经版，每天都有人指导你，事业成功的老板更会发表言论来炫耀。书店中充满有钱佬的回忆录和传记，把所有的都看遍，也不见得会发达。

还是教你怎么玩的书，更为好看。人活到老死，不玩对不起自己。生命对我们并不公平，我们一生下来就会哭，人生忧患识字始，长大后不如意之事十之八九，只有玩，才能得到心理平衡。

下棋、种花、养金鱼，都不必花太多钱，买一些让自己悦目的日常生活用品，也不会太破费，绝对不是玩物丧志，而是玩物养志。

花你多少

"今天活得比昨天快乐，明天活得较今天精彩。"我发表大理论。

朋友听了又板起脸来："这种话你不知道说了多少次，我被你烦死了！你们这种人现在存了几个钱，就在那儿晒命。追根究底，一切是钱。没有钱，何谈快乐，讲什么精彩？"

"钱，我不会迂腐到说它不重要。"我好言相劝，"但是，我宁愿我是主人，钱是奴隶。为奴隶服务？免了。"

"你写那么多稿，做那么多种生意，难道不是为钱服务？"友人反问，"你那么忙，不是为钱做奴隶，是什么？"

"忙，我承认。忙有什么不好？愈忙愈能把时间储蓄起来。"我回答，"愈忙学的东西愈多。"

"我在加拿大舒舒服服，一生不是照样过得很好吗？"

"是。"我说，"生活方式，每一个人都有他们自己的选择，我不羡慕你。我住在香港，我喜欢都市，我也学会忙里偷闲。"

"哈哈哈哈。"友人大笑，"闲还用偷？明明是强辩，你就干脆说为了钱好了。你的享受,哪一样不花钱?"

"我种种白兰花,花了多少?我买宣纸练书法,花了多少?我画领带,花了多少?还有,我爱看书,花了多少?金庸先生曾经说过,多看书,人生的层次才会愈来愈高。也等于说是活得愈来愈快乐。"

"现在的书,卖得也贵。"朋友不服,"我不喜欢看文字,那岂非没有了希望?"

"看电影好了。"我说,"电影综合了文字、音乐、绘画和摄影。从无穷的电影,可以得到不尽的知识。就算买正版的VCD,能花你多少?"

乐观

坐上的士，阵阵香味传来。

"怎么你的姜花没枝没叶，是一整扎的？"我看到冷气口挂的花。

"哦，"司机大佬说，"我住在荃湾，那边的花档把卖不出去的姜花折了下来，店主觉得反正要扔掉，不如用锡纸包好来卖，才两三块钱一束。卖的人高兴，买的人也高兴。"

又看到车头有些小摆设："车是你自己的，所以照顾得那么好？"

"刚刚供的。"司机说，"从前租车的时候，我也照样摆花摆公仔。"

"要供多久？"

"十六年。"他并不觉得很长。

"生意差了，有没有影响？"言下之意，是赚的钱够不够付分期。

"努力一点，"他说，"怎么样也够了，总之不会饿死。"

"你很乐观。"我说,"近年来一坐上的士,都是怨声载道。"

"不是乐不乐观,"他说,"总得活下去。怨也活下去,不怨也活下去,不如不怨的好。怨多了,人老得快。"

"你不是的士司机,是哲学家。"我笑了,看到车头有个小观音像,又问,"你信观音,所以看得那么开?"

"一个乘客丢在车上,我捡到了就用胶水把它粘在这儿。我不是信教,我只是觉得好看,没有其他原因。"

"干你们这一行的,大家都说客人少了很多。"我说。

"很奇怪,"他说,"我不觉得。大概想通了,运气跟着好。像我载你之前,刚接了一单,客人一下车,即刻有生意做。"

运气好也不会好到这么厉害吧?到家。我付了钱,邻居走出大门,截住,上了他的车。

文抄公

想不到东西写时,偶尔在网上看到一个笑话,就把它翻译出来,当成一篇文章刊登。

有些读者第一次看到,觉得很精彩;也有些读者发来电邮大骂我一顿——这种陈腔滥调,早已在网上流传多时,你还以为是宝,拿来重复,真笑掉人家大牙!

被赞时,不飘飘然;骂我,也不生气。

第一,你说我是抄来的?我绝对不是"抄",是"翻"。这些资料原文多数是英文,至少,我要经过翻译,才写得出。

第二,读英文时也许笑得出,有些笑话一翻译出来,别说幽默尽失,是根本没法子翻译。

第三,长的调皮文章,翻起来可以删节,但取舍不是易事。西方人的幽默,多数又精又短,要把它砌成一篇七百字的东西,一定不够料,只有自己加,而且要加得不拖泥带水,否则又精又短的精神就失去了。

第四,译得又生又硬,怎让读者有兴趣看下去?翻译一定要先消化，然后用你自己的文字表达，消化之后要把骨头去掉：哪一块吐出来，哪一块吞下去？丢弃多了，又不够忠实于原文，想保留？那么你的笑话可能要分上中下三篇才写得完。笑话嘛，分三天讲？那才是笑话。

　　好在我写东西没有什么使命感，当然也不敢去想留不留世，但留来干什么？宜子孙？那也是笑话。

　　专栏文章很现实，没有人看就生存不了，读者未摒弃你，编辑先炒你鱿鱼。好在懂英文的读者不多，做做文抄公，还觉得新鲜。

　　在这儿每天写，我就像是你的朋友、同事或家人，想到什么就说什么，在网上看到一则笑话，就说给你听。什么？你听过了？那么也请你偶尔当一个好听众，让我把故事说完，假装笑一笑，敷衍一下吧！

爱情和婚姻

很多年轻人问我:"爱情是怎么一回事?"

我自己不懂,只有借用哲学家柏拉图的答案了。

有一天,柏拉图问他的老师:"爱情是什么?怎么找得到?"

老师回答:"前面有一片很大的麦田,你向前走,不能走回头路,而且你只能摘一根麦穗。如果你找到了最金黄的麦穗,你就找到了爱情。"

柏拉图向前走,走了不久,折回头来,两手空空,什么也摘不到。

老师问他:"你为什么摘不到?"

柏拉图说:"因为只能摘一次,又不能折回头。最金黄的麦穗倒是找到了,但是不知道前面有没有更好的,所以没摘。再往前走,看到的那些麦穗都没有上一棵那么好,结果什么都摘不到。"

老师说:"这就是爱情了。"

又有一天,柏拉图问他的老师:"婚姻是什么?怎么能找到?"

老师回答:"前面有一片很茂密的森林,你向前走,不能走回头路。你只能砍一棵树。如果你发现了最高最大的树,你就知道什么是婚姻了。"

柏拉图向前走,走了不久,就砍了一棵树回来了。

这棵树并不茂盛,也不高大,只是一棵普普通通的树。

"你怎么只找到这么一棵普普通通的树呢?"老师问他。

柏拉图回答:"有了上一次的经验,我走进森林,走到一半,还是两手空空。这时,我看到了这棵树,觉得它不是太差,就把它砍了带回来,免得错过。"

老师回答:"这就是婚姻。"

减压功

如何减少压力，缩称"减压"。

压力的敌对头，是好玩，什么东西都把它变成好玩，压力自然减少。

说得容易，做起来难。

这话也对，但是如果不做，永远没有改变。我不知道说过多少次：做，机会是五十五十；不做，机会等于零。

比方说看到一个漂亮的女人，你和她谈话，她可能不睬你，失败的概率是50%；或者她应了你一句，成功的概率也是50%。眼睁睁地看她走过，一句话也不敢讲，那永远只是走过，你咒骂自己三千回，也没用。好，开始做吧。

从何做起呢？

我们一生之中，经过无数的风波，起起伏伏，但现在还不是好好地活着吗？昨日的压力，已是今天的笑话了。

举例来说，我们担忧暑假家庭作业没有做好，死了，死了，一定被老师骂死。好，被骂了几句，没有死。

我们担忧考试不合格,死了,死了,一定被家长骂死。好,被骂了几句,也没死。

初恋时,非对方不娶不嫁,但有多少人成功呢?爱得要死要活,失败之后,现在还不是好生生地活着吗?现在想起来不是好笑吗?

出了社会做事,一时疏忽,做错了。死了,死了,一定会被炒鱿鱼。忽然,"柳暗花明又一村",上司根本忘记有这么一回事,或者轻轻讲了你几句算了。当时的压力,不是多余的吗?

那么多的风浪都经历过了,现在谈起来,还摇摇头,说一句:"当时真傻。"

好了,既然知道当时傻,那为什么不现在学精一点?目前所受的压力,也一定会熬过的。"人,只要生存下去,总会熬过的。"你也开始明白地向自己说:"熬过了就变成好笑。"

好,等以后再笑,不如马上笑。

想那么多干什么?忘了它吧。

不过,一般人还没学到家。说忘,哪里有那么容易?回头一想,那恐怖的压力又来干扰你。

我们最好用幻想的手将一切烦恼事搓成一团,扔进一个保险箱里去。锁一锁,再把钥匙丢到海里,看着它沉下去。

但是,但是,烦恼又回来了。

今早被人家打荷包,扒掉三千块,拼命想忘,但一下子那不愉快的感觉又回来了;昨夜遭人遗弃,拼命想忘,但那痛苦还是环绕着你。

熬过，一定会熬过，你开始那么想，你开始去做，机会是五十五十。记得吗？

佛学所说："境由心生。"

一切，都是你想出来的。你想它好，它就好；想它坏，它就坏。不相信吗？多举一个例子。

"八号风球"台风，一个人在街上走，忽然间从天上掉下一块瓦片，打中前额，流血了。

啊！我为什么那么倒霉？为什么这块瓦片不掉在别人头上，偏偏是打中了我？我真是倒霉！这是一种想法。

"八号风球"台风，另一个人在街上走，忽然间从天上掉下同一块瓦片，同样打中了前额，同样流血了。

啊！我真幸运！要是这块瓦片略为偏差，打中了脑中央，我不是死定了吗？啊！我真幸运！这也是一种想法。

要选哪一个，不必我告诉你，你也应该知道。

生老病死，为必经过程。

既然知道有这些事，还不快点去玩？

玩，不需要有什么条件，看蚂蚁搬家也可以看个老半天。养条便宜金鱼、种盆不值钱的花，都可以玩个够。

虽说生命是脆弱的，但一个长者曾经告诉我，他被日本人关在牢里，整整八天，不给饭吃不给水喝，也没死掉。看看周围，活到七八十岁的人渐多，要是你是例外，那也就认命吧。自己是少数分子之一，要有我们这种人，大多数的别人才会活久一点。不如这么想。

为赋新词强说愁，那是年轻人的愚蠢，我们哪儿会有那么多空闲去记愁？记点开心的吧。

为了避免成为不幸的少数人，那么珍惜每一刻应得的享受，把人生充分地活足了。即便有了万一，也已归本。

压力来自别人管你。有人管，做错了事，便有压力。所以必须力争上游，尽量减少管你的人。从小被家长管，被老师管，长大后被上司管，那就要拼命地出人头地，把上司一个个消灭，那么压力自然而然会减少。不过做人也真难，等到没有上司了，回到家里还有个老婆管你。管管管，被管惯了，麻木了，就等于没人来管啰。

梦

出发之前没睡好,到达目的地了又赶了整夜稿。翌日,打了几个喷嚏。我知道伤风菌已经侵入了抵抗力较差的身体。

旅行时感冒是最麻烦的事,我带一群人,是负担不起生病的。

团友们看我狼吞虎咽,笑说:"平时你不大吃东西,每一样尝一点点就摆下筷子。今天胃口怎么那么好?"

"对付伤风最好的办法就是吃、吃、吃!"我说,"从前带队出外景,一遇到感冒就吃个不停。肚子饱,什么事都没有。"

虽那么说,还是对任何事都提不起兴趣,但是来到绍兴,怎能不喝绍兴酒?

发现那些十年、二十年、三十年的都不是很好喝,还是"咸亨酒店"旁的一碗七八块钱的"太雕"最可口,连灌五六碗,面不改色。

武松打老虎的时候,五粮液等烈酒还没发明,大概喝的也是这种黄酒。什么三碗不过冈?酒量都不是很惊人嘛。

回到旅馆,即刻呼呼大睡。

梦中,看见一群年轻人到一个海水清澈见底的小岛度假。

众人七手八脚,抓到的海鲜都不会弄来吃,搞得一塌糊涂,发生了许多令人捧腹的画面。

接着他们互相谈恋爱,进入社会。数年后,又在岛上相聚。随着年龄的增长和对食物的认识加深,他们已烧得一手好菜。过程经仔细地介绍,从头到尾,观众看了也学会怎么做。

岛上发生了一场大风暴,船沉了,救援赶不到,但他们绝望之余又逢生机。仿佛象征了香港的经济。结果大家还是烧一顿好的来吃,同时发现做人的道理。整场梦是一个很完整的电影剧本,有分场、分镜头,前呼后应。

起身,真想把它写下来,但再次感冒不是开玩笑的,还是作罢。

人生友人

一颗吸血僵尸般的虎牙，开始摇动，我知道是我们离别的时候到了。

虽然万般可惜，但忍受不了每天吃东西时的痛楚，决定找老朋友黎湛培医生拔除。近来我常到尖沙咀堪富利士道的恒生银行附近走动，看到我的人以为我是去找东西吃，并不知道我造访的是牙医。

牙齿不断地洗。又抽烟又喝浓得像墨汁的普洱，牙齿不黑才怪。黎医生用的是一个喷射器，像用水管洗车子一样，一下子就把牙齿洗得干干净净，不消三分钟。如果一洗一小时，那么加起来浪费的时间就太多。

今天要久一点了，拔牙嘛。

做人，最恐怖和痛苦的，莫过于拔牙。前一阵子还在报纸上看到一张图片：有个女大夫，用一把修理房屋的铁钳替人拔牙。想起了会做几晚的噩梦。

老朋友了，什么都可以商量，我向黎医生说："先涂一点麻醉膏在打针的地方，行不行？"

"知道了，知道了。"黎医生笑着说。

过了几分钟，好像麻醉生效了，用舌头去顶一顶，没什么感觉。

"拔掉了。"黎医生宣布。

什么？看到了那颗虎牙，才相信。前后不到十分钟，打针和拔牙的过程像从记忆中删除。这个故事教育我们，人生之中，一定要交几个朋友，一个和尚或神父，还要一个好牙医，精神和肉体的痛苦，都能消除。

"五十肩"复发的故事

我的肩周炎又复发,痛苦不堪。

此症俗名"五十肩",顾名思义,在五十岁时发病,据说一生中只会有一次。去看医生时,他说:"不必医也会好的,只要能忍它一年半载。不必担心!"

痛的不是他,当然可以说风凉话,你要试过才知道厉害。每晚睡觉都像被毒虫嚼噬肩上的神经线,痛得要起身几次,那种感受,非文字所能形容。

白天也痛苦,尤其是天冷时要穿大衣,根本不能亲自穿上。夏天汗水多,冲凉时换件内衣,也痛得死去活来。平时,就算一动不动,忽然,犹如遭电击,一声不响地袭击,患者求神拜佛也没用。

大概人生操劳过度,我的"五十肩"在四十岁时已到。问医生:"不是要到五十岁时才有'五十肩'吗?"

"五十岁时发生叫'五十肩',四十岁时发生叫'四十肩。'"他的答案一点也不负责任。

"怎么医？"这是最迫切的问题。你说"五十肩"也好，"四十肩"也好，我才不去管它。

医生说："方法不过两种，中医会替你推拿，但一点用处也没有，只有针灸还有点效果。我们西医，当然是劝你打类固醇针，一针即好！"

"当然打类固醇了，一针不好的话，打多一针也没关系，我就不信有那么神奇。"我说。

"不可，不可。"此君道，"类固醇一打多了，就会患巨人症，人会变得奇高，像007电影中的那个钢牙，他们的额头和眉毛之间的那个部位会肿起来，像科学怪人一样。许多运动员都有这种毛病，一看就知道是打类固醇打出来的。"

"那就给我一针吧！"我说，"一针没事吧？"

"好。"他说，"不过那针又长又大，像打进牛身体的那种，从肩与手臂连接处的骨缝打进去，插得很深，你要有这种心理准备才行！"

我一听心惊胆战，逃之夭夭。

继续每晚痛醒。下了决心，请秘书为我约好西医，从骨缝打进去就打进去吧！我像一个翌日就要被送上电椅的死囚，等着就义。

就是那么巧，一位友人原来懂中医针灸，他问我要不要试试。反正死马当活马医，我即刻点头。针插进去，有时痛，有时不痛。针留着，经十分钟摇动一次，那时就痛了。二十分钟之后拔出针，治疗完毕。

那晚，我睡得像个婴儿。

从此为这位友人开了一个诊所，方便有事就去找他。以为有了靠山，哪知道此君疲劳过度，我劝了几次不听，后来去世了。

五十岁时，"五十肩"又来了，不像医生所说的人生只患一次。这回寻遍城中针灸名医，也没治好，是忍受又忍受。九个月之后自然好了，中间过程不提也罢，那种煎熬像是进过地狱。今后做人要勇敢一点。

到了六十岁，"五十肩"第三次来侵，西医还是不敢去，中医的针灸试过数位，不灵验。

圣诞节期间带团到日本，那是痛苦的最高峰。别人纷纷说温泉有疗效，可我一天泡个六七次，根本没有用。已经下定决心，回香港找西医打类固醇。

从温泉乡到东京，准备返港，但已经痛得忍不住。帝国酒店有个服务部，什么事都可以找他们，我问："有没有针灸医生可以介绍？"

"有。"对方给了我地址，"就在银座附近。"

一看，原来是我从前办公室的邻近。即刻爬上去，在一座小小的建筑物的二楼。

也没护士，出来的是一位瘦小、戴眼镜的人，态度诚恳亲切，对他有点信心。

脱了衣服后，他为我在痛处扎了又扎，但是不留针，插完即拔即扔，换了新针后再来。看他用的针，比头发还要幼细。

"在日本还有人肯制造。"那医生说,"用起来不容易,穴位扎不准的话针都软掉。"

"真是神奇。"我不觉得痛,感叹起来。

虽然已经感到舒服许多,但做一次总不能痊愈,我问:"你肯来香港吗?"

"我是喜欢旅行的。"医生点头。

"再问一句,"我说,"针灸可以帮助美容或减肥的吗?"

医生笑了:"作用不大,但还是有点效果的。"

返港后,痛苦已减轻一半,继续忍受。我将把这位医生请来香港数天,顺便替旅行团的团友们医医,也是件好事。但只限治疗"五十肩",要美容、减肥可别来骚扰。

双毒齐下

北海道是最受香港人爱戴的观光地之一,一向以环境干净、东西好吃闻名。但是去北海道,不可不知道潜伏着的一种危机。

年尾我到了札幌,感到头痛、腹泻、作呕、全身无力。

酒店很快把一个医生叫来,年纪有七八十吧!彬彬有礼,面孔慈祥,留着白须,衣着不是很流行,但全是好料子裁剪出来的,名副其实的一个老绅士。

"啊,你患的是Norovirus(诺如病毒)。"他一看就知道。

"怎么那么肯定?"我虚弱地问。

"这种Norovirus北海道最多,尤其在冬天传染得更厉害,它有一个别名,叫札幌病毒(Sapporo Virus)!"

"请您先止止痛吧,我快要死了。"我哀声叫出。

"死不了,死不了。这个病毒会先死的。"老绅士医生说完,请护士给我打了一针,"您会很舒服的,舒服到想再打一针。"

果然,一阵飘飘然的感觉,我像躺在一张白云做的大床上，向太空飞去。

第二天醒来，头不痛了，但继续呕吐，只要喝一口水，就想上一次洗手间，当然连稀饭也吃不下去，酒店的职员替我盛来的粥，我也没力去动。

药已买来，我看了一下，都是些早晚各一粒的止痛药，三日份，没有一连吃一个七天疗程的。记起昨天老绅士医生说的要我到他医院的话，勉强起身。

我由酒店经理和我带去的一个女助手搀扶着，到了医院。老绅士出来，问过病状，就叫女护士在我手腕上插了一针，接了喉管，一大袋盐水就那么一滴滴地流进我的血管中。

"患了札幌病毒，你为什么不替我打抗生素，把病毒杀死？"我直接问医生。

他低声细语地解释："到现在，还没有抗生素可以杀死它。那等于说，没有药医的。"

"这怎么办？"我急着问。

"昨天不是告诉您了吗？病毒会自己先死的。"

我才放下心。这一大袋盐水一滴，就滴了一两个小时。旁边来了一个人，比我年轻，患同样的病，他一面吊盐水一面呻吟，我本来以为自己就快好了，给他那么一叫，反而病得更重了。

忘记请老绅士给我点安眠药，第二晚睡得很不安宁，整夜做噩梦，面前都是吃的东西，愈不想吃，食物愈变多。啊，跑出房门，看到一家电影院，就去看部戏吧。哪知上映的又是李安的《饮食男女》,又是什么《美食总动员》之类的电影片段。辛苦到极点,一刻一刻很难忍,抬头才看见窗外已发白了。

第三天,我决定不去医院吊盐水了,最好把护士请来房间。酒店经理替我打电话给老绅士,但他的诊所挤满病人,来不了。

想起自己拥有一张 American Express(美国运通)的黑卡,那是因为友人说在外国生病时很管用,才去申请的。即刻打电话给我的女秘书,请她通知对方,要求一个医生或护士来酒店给我吊盐水。

得到的回复,是 American Express 介绍了两家当地的医院,要我自己去看。才知道这一张所谓管用的卡,一点也不管用。医院何必他们介绍?我懂得日语,自己找也找得到呀!

这时,酒店经理高兴地通知我:"医生听说您不肯去医院,他认为要照顾好您,所以勉为其难,要抽空过来看您。"

"为什么吊盐水是那么重要的呢?"我一看到老绅士就问他。

"您一直拉肚子,会拉到脱水,那时候身体的水干了,去不了肾脏,人就会休克而死的。"他仔细地解释。

如果身子那么虚弱下去,绝对不是办法,只有吃东西才能恢复体力,但一点胃口也没有,怎么办?想起数十年前,在印度也发生过同样的情形。好,吃咖喱吧!只有咖喱的那种刺激,才吞得进口。

一大碟咖喱饭下肚,又上洗手间,再叫多一碟,又去一次，等到第三碟，感觉到饱，才入眠。

第四天已有力气，夜机飞回香港。吴维昌医生已替我准备好一切，三更半夜他还在等我，让我住进医院去。

又吊了一天盐水，中途请护士替我把管子拔掉，跑去医院的食堂。可真不错，菜单上有咸鱼蒸肉饼、鸡煲饭、梅菜蒸鲩鱼等，俨如一个大餐厅。我点了一桌子菜，吃得过瘾，才跑回房去再吊盐水。

到了傍晚，体力完全和患病之前一样，说什么也不肯多住一夜，跑回家了。

吴维昌医生来电："你的排泄物报告已经出来，你患的的确是中文叫为诺沃克的病毒。"

"为什么叫诺沃克，而不叫其他名字？"

"那是在一九六八年，美国俄亥俄州的 Norwalk（诺沃克）小镇第一次才发现到的病毒，所以用这个名字叫它。"吴医生说，"除了诺沃克，你的排泄物之中还有沙门氏菌，那是在一八八五年一个叫 Daniel Elmer Salmon（丹尼尔·埃尔默·萨尔蒙）的医生发现的。两种病毒一起侵入到人体，也是罕见的例子。"

这次为什么会被两种病毒侵犯？研究起来，也没吃错什么东西，大概是自己的身体太过疲倦，是时候休息一下了。说不幸，也是大幸，带了一群人到北海道吃东西，只有我一个人患病。像我这种馋嘴的人，几年吃出一次毛病，是应该的。大难不死，必有后福，我继续大吃大喝去也。

感冒药

北海道的螃蟹、响螺、北极贝、牡丹虾等,吃得不亦乐乎,可惜时间到了,回到香港。

友人罗拔·蔡说,流浮山"海湾海鲜"的肥妹朱素文来电,说有条两斤重的蚌,问我们有没有兴趣去吃?

求之不得,即刻飞车前往。不塞车的话从尖沙咀出发,到流浮山也只要半个小时。

"有没有鱼?"我问。

"有条也是两斤的黑鱼。"肥妹说,"煎起来也好吃,斑类鱼不能煎,黑鱼可以这么做。肥得很,满身是油。"

"蒸。"我说。

"蚌已经是蒸了,改变一下好了。"

"蒸。"我吃鱼没有其他选择。

"还刚钓了一尾大花纹龙趸,怎么做?又是蒸?"肥妹问。

"蒸。"我说,"只吃鱼唇。"

结果这三种鱼吃得连汁都捞没,不是人工繁殖的,见少卖少。天然的鱼要是斤不足，也不够水平，肥妹不会打电话来通知。

蚌肉纤细，是鱼中贵族，只有三刀可以匹敌。龙趸唇很有咬头，啖骨更有一番风味。还有那尾鱼，未入口已传来一阵幽香。鱼没有想象中那么贵，只是生钓的不容易找到罢了。

"要不要虾？"肥妹问。

"来些狗虾好了。"狗虾是流浮山特产，当然不是养的，不懂的人当它是便宜货，其实最好吃，头上的膏又多又甜。谁说便宜无好货？

饱饱，还来一大碟虾膏炒饭，流浮山虾膏出名。再用活虾炒之，一绝。甜品来个炸榴梿。

"感冒药，感冒药。"我大喊。

"什么感冒药？"肥妹问。

"幸福伤风素。"我说，"这一餐吃了，真幸福。"

命

咳个不停，找吴维昌医生看，他说顺便照一照心脏吧。

我的血压一向没有问题，但做个循例检查也好，于是订了养和医院。

登记后，走进一室，医生给我插一根管进手背，注进些放射性的液体，方便查看X光片。不是很痛，忍受得了。

接着就是躺在床上，一个巨大的机器不断在我四周转动拍摄。上一次检查是四年前，一个大铁筒，整个人被送进去，声音大作，轰隆隆地拍个不停。现在的这一台没有声音，医生还开了电视，播放美景和禅味音乐。

愈看愈想睡，被医生叫醒："睡了身体会动。"

真奇怪，睡着了身体怎么动呢？也只有乖乖听话，拼命睁开眼睛。

好歹二十分钟过了，心脏图照完，再到跑步房。

护士认得我，说四年前也给我做过这种检查，和另一人一起做的，我还能跑，他就跑不动了。所谓跑，只是慢步走而已,最初慢后来加快。身上贴满了电线,心速显示在仪器里。

"你平时做不做运动的?"医生问。

我气喘着回答:"守着人生七字真言。"

"什么真言?"

"抽烟喝酒不运动。"我说。

医生和护士笑了出来,他们都很亲切,没有给人恐怖感,大家像在吃饭时那样开开玩笑。跑完步,又再照一次,两回比较,才能看出心脏有没有毛病,报告会送到吴医生那儿。

人老了,像机器一样要修,这是老生常谈,道理我也懂得。

问题在于,有没有好好地用它,仔细地照顾它,一定的娇生惯养,毛病会更多。像跑车一般驾驶,又太容易残旧,但两者让我选择,还是选后面的,平稳的人生,一定闷。我受不了闷,是个性使然。个性是天生的,阻止也没有用,愈早投降愈好。到最后,还是命。

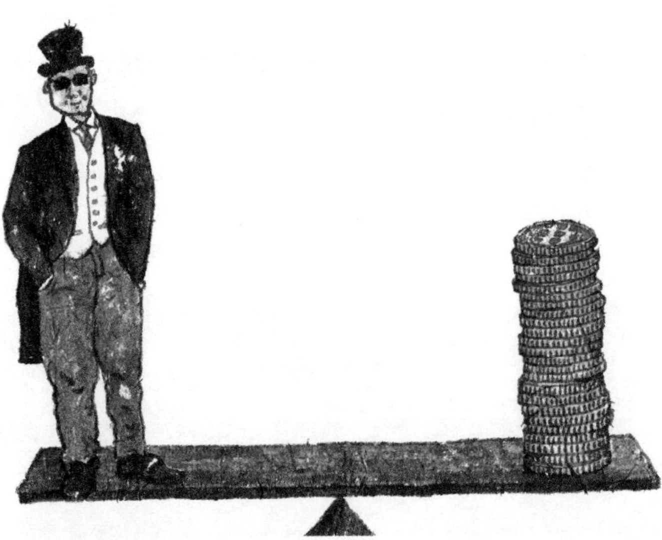

第二章

市井趣味

来，干一杯吧。

杀价的乐趣

"一斤多少钱?"

"五块。"

"什么?那么贵?两块行不行……四块吧……四块半!"

"好,卖给你。"

"加一根葱。"

这不是杀价,这是买菜,家庭主妇的专利。她们有大把时间,可以慢慢磨,毫无艺术可言。

男人不喜欢花时间在这件事上,当然也包括一些个性开朗豁达的女人。大家都讨厌被别人占便宜,只要价钱合理,一定成交。但是对方拒绝老老实实出价,唯有和他们周旋。

如果一开口就买下,商人虽然乐于赚一笔钱,但对于你这个有钱人,也没好感。在土耳其的一个街市中,我就听到店里的人说:"谈价钱是我们生活的一部分,你减我的价,表示你肯和我做生意,是对我的尊敬。"

所以,男人就算多么嫌烦,也需要杀价。久而久之,变成一门艺术。当成艺术，杀价已是乐趣。

很久之前，我在贝鲁特的酒店商场注意到一张波斯地毯，前面是白色，中间见到是大红色，过后回头又是粉红色，深深把我吸引。

店主的眼睛一亮，从店里出来把我抓住，是神是鬼，先敬我一句："这位先生真是有眼光！"

好东西，绝对不便宜，我并没那么多闲钱可花，便开始转身。

"给我一分钟时间。"对方恳求，"出一个价。"

"我以为出价的应该是你！"我说。

"好，一万八千美金。"

掉头就走。

"这是一件国宝呀，那么精细的手工，还能到哪里去找？你嫌贵，轮到你出一个价钱。"店主说。

我急于脱身："我看过更好的，如果你有货，拿出来。"

对方做出一个"你真是内行"的表情："好，你明天来，我一定送到你眼前。"

妙计得逞，我一溜烟跑掉！

翌日一早，刚下电梯，那厮已在大堂等待。

"货来了，请看一看。"

说什么也要看一眼吧。走进店里，果然是一张更大更薄的，的确难以找到这种精品。

"知道你识货，不再讨价还价，只加两千，算整数，两万美金好了。"他宣布。

我摇头："你既然知道我识货，那就不怎样应该开这个价。好，我也不会讨价还价，你想一想，能减到什么最低的价钱。我现在出去吃饭，回来后告诉我。"

他只好让我走。商店一般只开到下午六点，再迟也是八九点，我十一时才返回酒店，他还笑嘻嘻地等在那里："为了表示我的诚意，我减一半，一万美金。说什么也不能再低了，大家不必浪费时间。"

织一张那么好的地毯，最少半年，三个人忙碌，一个月算工资一千美金，三乘六等于一万八，丝绸本钱不算在里面，也是一个公道的价钱。我在其他地方看到一张只有三分之一大的，也要卖五千，五乘三，一万五。而且这种工艺品像钻石，不是一倍一倍算的。

店主看我考虑了那么久，说道："再出个价吧，再出个价吧。"

杀价的艺术，是永远不能出个价。一出价，马上露出马脚。

"九千美金，"他有点生气，"不买拉倒。"

"拉倒就拉倒。"我也把心一横。

"这样吧，"他引诱道，"你把你心目中的价钱写在纸上，我也把我的写在纸上，大家对一对，就取中间那个数目好不好？"

这是个陷阱，但是一个好的陷阱，也是他最后一招，但我总不能写一块钱呀。

什么艺术不艺术,如果你真的想要买这件东西,老早已经崩溃。如果你觉得一切是身外物,美好的东西在博物馆总可以看得到,又不是非要拥有,那你就有恃无恐了。

"最后的价钱,"我说,"两千美金。"

成交,他伸出手让我握。为了遮掩他一开始的时候出那么高的价位,他说:"开始打仗了,三个月没成交过,能有多少现金是多少。你拿回去,卖给地毯商,也能赚钱。"

我感谢他的好意,心里面想:"这张东西,也许本钱只要一千块,当地人工,一个月几十美金。"

人,总是那么贪婪和不满足。

刚去过云南丽江,那里有许多手工艺品,太太们拼命地抢购。这里买到一件二十块的,隔几家,才卖八块,快点多买几件来平衡。像买股票一样,也是好笑。

我也想买几个做工精美的手提电话袋送人,但家家都卖同样的货物。我看到一位表情慈祥的老太太,勤劳地自己动手。走了进去,什么价钱已不是重要的事了!

拉倒

约了面痴友人卢兄在上环一家小馆子吃饭。星期五,过海车多,搭地铁。

在太子站外的报摊,先选些读物,这是我的习惯,一分一秒不浪费。

香港报摊实在是一个奇景,报纸、杂志和书籍种类之多,令人叹为观止。

有一些已在家和办公室订阅,那要买什么好呢?看了老半天。漫画我已毕业了两次,妇女杂志留给八婆们观赏吧,科技财经都兴趣不大。时事周刊大同小异,看一两种类已够,报纸也是一样。

"不可能没有一本你喜欢的,今天做定你的生意。"小贩笑着下结论。

"好,"我说,"一定买。"

又选了好久,还是没有挑中。

"我们这儿什么都有的呀!"小贩抗议。

"有没有《明报月刊》？"

小贩大概没有进货，表情有点心虚："卖完了。"

"《国际先驱导报》呢？"

"先驱，什么先驱，新的《马报》吗？"

"《时代周刊》和《新闻周刊》呢？"

"《亚洲周刊》就有，不过也卖完了。"小贩说完，开始觉得我这个客人挺麻烦，"要不要《读者文摘》？"我对这本太过正经的读物也没什么好感。

"要不要没有穿衣服的？"小贩引诱。

女人胴体，胜在隐隐约约之间，完全示众，就不稀奇。

"买报纸吧！"小贩说，"现在已经减价，四块钱一份。"

报纸减价，或两份"抱卖"，也是香港独特的现象，但这几天无心阅读。"给我一包面纸吧！"我最后说。

"不卖。"小贩气了，"那是你买任何一种书报都免费派送的，生意做不成，拉倒。"

怎么可能

经过一家意大利时装店，有件我喜欢的衣服，进去看看。这时，来了一个大汉，头发剃得极短，圆脸，态度嚣张，向女店员呼喝："这一件，有没有适合我穿的？"

店员不敢怠慢："先生，你的尺码的货卖完了。"

"怎么可能？"大汉说，"你量都没量过，就知道没有我的大小？"

店员再说："我们做久了，一看就知道。"

那家伙愤愤不平，又找了一条牛仔裤："喂，这件多少钱？"

"三千七。"店员说。

"怎么可能，那么贵！"

店员赔笑："是这个价钱，对不起。"

"三千七，就三千七，有没有我的尺码？"大汉的语气听起来好像在说："怕老子买不起吗？"

"有，有。"店员恭恭敬敬地拿出一件。

那厮躲入试衣间，不一会儿走了出来："怎么可能？腰身那么低！"

"现在的牛仔裤都流行低腰的呀！"

"怎么可能？"他说,"好像小了一点,你量量看我的腰围是多少？"

女店员用了一把软尺:"四十二。"

"怎么可能？最多三十八！"他大叫。

真是讨厌到极点！

忽然,他面转向我,露出一个大微笑,像个孩子,问道:"你看我穿起来好不好看？"

忽然,我也恨不了他了。

"真帅。"我说。

他兴高采烈地付了现金,拿了裤子走了。那女店员向我抱怨:"怎么有这种人？"

我笑着:"他们生活在另一个星球,有可能。"

例子

清晨写稿,习惯完成后即刻以传真机送走,要是存货足够,便卷成一卷,拿到办公室去,请秘书登记后再传出。

这卷稿纸放入和尚袋中,常散开弄皱,非常不雅。用条橡皮筋圈之比较不容易被压扁,但是看见那五颜六色、死气沉沉的胶圈就不开胃,拒绝使用。

见过有些掺了塑胶原料入胶皮的,色彩很清新,想去买,但因事忙或忘记,总没买成。

今天特地赶到最大的一间文具店去,店员拿出来的又是那些不堪入眼的东西,说:"只有这些。"

"那么丑!"我说。

她本来要做一个不买算了的表情,但自己看橡皮筋后,也点头同意。

"要不要用一下包扎礼物的胶带,比较好看。"她殷勤地问,"不过要自己绑的。"

她拿出一卷卷的金色带子,还是那个俗气的黄金颜色。

"每天对东西,至少要有点美感。"我摇头。

"说得也是。"她附和,"每天看报纸上的照片,难看死了。文具也难看的话,真受不了。"

"还有什么可以代替橡皮筋的呢?"

"有了。"她忽然想到一个邮寄用的硬纸筒,"把稿纸塞进去就不会被压扁了。"

我嫌太重,和尚袋中的东西,应愈轻愈不会让人感觉到人生的负担。最后,她建议用纸筒型的塑料袋子,才勉强解决了问题。

"有时,"我说,"不一定要美观才行,一件东西用久了也会产生感情的。"

女店员点头:"我完全同意你的看法,我老公就是一个例子。"

钻石王老五

和一群女人在一起聊天,有的认识,有的不认识。其中一个拿了一本周刊,翻到一页,"哗"一声叫了出来:"这些钻石王老五,什么时候才可以抓到一个?"

周刊中登了六七个香港不同行业的男人的照片。

"姓李的那个,简直是金刚钻!"另一个在旁边看完了说。

"都是每年收入很多的人,随便嫁一个就行。"又有一个说。

"那么难看,我才不要。"有个高傲的穿红衣服的女子做出不屑的表情,"有一个已经四十岁了,那么老!"

我听了心里不是滋味:"王老五嘛!有个"老"字,老是应该的!"

当然,我也不是王老五了,管她们说些什么呢?

"有什么办法才能嫁给一个?"第一个拿周刊看的女人问我。

"香港有六百万人口,女人占了一半,除了小女孩和老太婆，至少还有一百五十万。一百五十万个女人要争嫁六七个钻石王老五，免了吧！"我说，"我帮不到你。"

那个女的听了有点气馁。我拿了周刊的另一册说："王老五只有那么几个，但列出来的富豪有五十名，不如往他们身上打主意。"

"可是那五十个有钱佬都有老婆的呀！"女的叫了出来。

"不用嫁给他，舒服得要命，不必生孩子和管理家政助手，有什么不好呢？"我说。

那个穿红衣的高傲女人听了大为不快，起身走人。

我懒洋洋地："慢慢来好了，别急。有钱佬还在，不必那么紧张。"

精

"精"字怎么来的？查字典，释义是：一、挑选过的白米；二、凡物的纯质；三、精液；四、精神、精力；五、传说中的精灵；六、明朗轻快亦曰精；七、用功深刻而专一……这个"精"字说的都是好东西。

有些解释字典上还没记录，像洗洁精，那时候并未发明。

食物本身是精，亦非常好吃，像河豚的精，日本人叫为"白子"，烧烤起来，是人间美味，用滚烫的清酒冲之，变成乳白色的饮品，绝无腥气，好喝得很。

食物加了精，更好吃了，任何难于咽下喉的东西，加大量味精，就精彩绝伦。有的四川人吃东西的时候，先来个小碗，舀汤进去，再加一大汤匙味精，什么东西都蘸它来吃。不爱味精的人听起来觉得很恐怖，但味精已成为这些四川人生活中不能缺少的了。

食物加了糖精，才能卖掉那么多。糖精愈吃愈甜，结果上了糖精瘾。南洋人在街边卖水果，一片片地摆在冰上，之前一定水洗过了。那些水，就是糖精水了，怪不得那么好吃。台湾人喝绍兴酒一定加几颗话梅，他们不在绍兴也做得出绍兴酒。可想而知，非常难喝，但加了话梅，即能猛灌。喝的却是糖精水嘛，都要拜赐于用化学品做出来的精。

我们称赞小孩精明，本来是好事，但是太会做人，便变成了老人精，不天真了。

矮人多数古灵精怪，所以有"短小精悍"的成语出现。精悍不错，但短小……唉，始终有缺点。

大型百货公司卖的货物，普通得很，所以有精品店的出现，店里的东西都很有品位，但价钱昂贵。

来精品店买东西的人，有的不是太太，而是丈夫的情妇。此物最可爱，也有个精字，叫"狐狸精"。

宠物乐

生活水平提高,大都市的人开始有闲钱送花,花店开得满街皆是。

跟着来的流行玩意儿便是宠物!

猫狗的确惹人欢喜,深一层研究起来,也许是城市人寂寞吧。

狗听话,养狗的主人多数和狗的个性有点接近:顺从、温和、合群。

我对狗没有什么好印象。小时候家里养的长毛狗,有一天发起癫来,咬了我奶奶一口。从此我就讨厌狗,唯一能接受的是《花生漫画》里的史努比,它已经不是一条狗,是位多年的好友。

在邵氏工作的年代,宿舍对面住的传声爱养斗犬Bull Terrier (牛头㹴),真没有看过比它们更难看的。

另外一位女明星爱养北京哈巴狗,它的脸又扁又平,下颚的牙齿突出,哪像狮子?为什么要美名为狮子狗?

旺角太平道上有家动物诊所,路过时看见女主人面色忧伤、心情沉重地抱着北京哈巴狗待诊。我心想:要是你的父母亲患病，你是否同样担心？

在巴黎、巴塞罗那散步，满街都是狗屎。但是，有时看到一个老人牵着一条狗的背影，也就了解和原谅它们制造的污秽。

"你再也不讨厌狗了吧？"朋友问，"它们到底是人类最好的朋友。"

我摇摇头："还是讨厌。爱的，只是黑白威士忌招牌上的那两只。"

猫倒是可爱的。

主要是它们独立、自由、奔放的个性。

猫不大理睬它的主人，好像主人是它养的。

回到家里，猫不像狗那样摇头摆尾地前来欢迎你。叫猫前来，它却走开。等到放弃命令时，它却走过来依偎在脚边，表示知道你的存在，即刻心软，爱它爱得要生要死。

猫瞪大了眼睛看你时，仔细观察它的瞳孔，千变万化，令人想大叫："你想些什么？你想些什么？"

在拍一部猫的电影的过程中，和猫混得很熟。有时猫闷了，找我玩，我就抓着它的脚，用铅笔的橡皮擦轻轻地敲它的脚板底，很奇怪的，它便会慢慢张开五趾上粉红的肉，打开之后，像一朵梅花。

不过我还是不赞成养猫狗。

并非我不爱，只觉得不公平，猫狗与人类的寿命差别太大，我们一旦付出感情，它们比我们早死总是悲哀不能克己，我不想再有这种经历。

小孩子养宠物,增加他们的爱心,是件好事,但一定要清清楚楚地告诉他们,教他们认识死亡,否则他们的心灵受的损伤难再弥补。

如果一定要养的话,就养乌龟。

乌龟比人长命。

倪匡从前在金鱼档里买了一对巴西乌龟,像两个铜板,以为巴西种不会长大,养了几十年,竟成手掌般大小,而且尾部还长了长长的绿毛。

移民之前,倪匡把家里所有东西打包,货运寄出,看见这两只乌龟,不知怎么办才好。

"照理,把它们放在手提行李箱中,坐十几个小时飞机,也不会死的。"他说,"但是移民局查到比较麻烦。而且万一乌龟有什么三长两短,心里也不好过。"

我们打趣道:"不如用淮山杞子把它们炖了,最好加几根冬虫草。"

倪匡走进房间找一把武士刀要来斩人。

我们笑着避开。

最后决定,由儿子倪震收留。

"每天要用鲜虾喂它们。"倪匡叮咛。

"冷冻的行不行?"倪震问。

"你这败家子,几两虾又有多少钱?它们又能吃得了多少?"倪匡说完,又回房找武士刀。

倪震落荒而逃。

神秘猫

弟弟的猫，样子并不十分可爱，而且杂种居多，和街边的野猫没什么两样。

为什么会有这种结果？那三十只猫怎么就停留在了三十只，不再加多了？

原来，有些马来朋友很爱猫，常来讨几只回家养，他们把样子好看的都弄走了，剩下来的只有弟弟和他太太觉得不错而已。

马来人不喜欢狗，猫是最普遍的宠物，他们甚至把一座城市的名字也以猫称之，叫为古晋。古晋人立了一只很大的白猫当城市的标识。原来爱猫之人，他们自己成立一个猫国，只要是喜欢猫的话，都可以成为国民。

有些朋友很怕猫，认为它们很邪恶，还是养狗好，狗对主人很忠实。我不喜欢狗的原因，是它们生得一副奴才相，整天伸舌头喊热热热，哼哼哈哈，没有猫的高贵。

猫的好处在于它是主人，你是奴隶。它要和你亲热时才来依偎你。不高兴起来，不瞅不睬，从来没把你放在眼里。

那三十只猫，弟弟一只只认出它们，都是因为每一只都有自己的个性。也并非每只都高高在上，有些很怕事，生活范围限于房内，从来不敢走出房门一步。

也有一只相当蠢，养得肥肥胖胖，整天躺在你的脚下扮地毯给你踩。要是家父还在的话就最喜欢这种猫，双脚踩在它身上，当然不是真正用力。猫儿舒服，觉得你在为它按摩，立场完全不同。

长大的猫，样子也许很凶，那是它们用眼睛直瞪你而给人留下的印象，小猫则永远可爱和调皮。

我们年纪大了，有时会看人，尤其是年轻人，可从眼神看到他们在想些什么。但是猫，永远看不懂，这是猫最神秘和可爱的地方。

店铺中的猫

最喜欢看一些商店中养的猫,和家猫完全不同,是商标的一部分。

中环的"陈意斋"中养了一只长毛猫,全白色,和从前养的猫很相像。伙计们都做了数十年,身穿白衣黑裤。

老猫已走,伙计还在,养的这只新猫,比从前那只贪吃懒惰,但大家原谅它年轻,还是那么宠爱它。

北角春秧街的药店中也有一只肥花猫,整天躺在玻璃柜上扮老大。一向对肥猫没什么好感,尤其是漫画中的那只加菲,但这只还好,任人抚摸。

衙前塱道上卖潮州鱼饭的"元合",也养了一只,我和老板庄锡和及翁丽玲夫妇已成老友,问他们:"一整天对着鱼,这只猫看了鱼不怕吗?"

"不怕。"庄老板回答,"只有最好的鱼,它才肯吃,嘴真叼。"

再走前几步,就是九龙城区卖猪肉最为新鲜的"利兴肉食公司"了。

老板吴光伟夫妇的猫,最特别。

"不过是黑白花猫嘛。"有一次和友人经过,他说。

"你仔细看。"

"啊!"友人大叫,"那是一只三脚猫!"

吴光伟解释:"它冲到街上,给的士撞到,还爬了回来。看了不忍心,带它去兽医那里,动了手术,一万块呢。"

三脚猫完全不会因为行动不方便而改变性格,活泼地跳来跳去。

"吃猪肉吗?"我问。

"不。只吃猫粮,其他食物一点兴趣也没有。别看它这样,还会天天抓老鼠,咬一只就放进垃圾桶,有时四五只呢。"

我看得爱死。

"别的猫不听话,这只一叫就来。"吴老板示范,"阿花。"

阿花果然走过去,依偎在主人脚边,比女儿还可爱。

干杯

我很顽固地只爱牡丹。不过花期短，也罕见。其他时间，我很喜欢白兰，姜花一样。玫瑰是次次选。终年出现的玫瑰，等到其他花不见时，才会找它。

菊花则只供先人。

百合最讨厌，发出来的那股俗不可耐的味道，如闻怪味。从来不觉百合美丽，不管它以什么形态或颜色出现。

到了夏天，我爱莲。牵牛花也不错，名字太怪，还是称之为"朝颜"好。

至于兰，太热带了，像天气一样单调地不变化也不凋谢。不凋谢的花没有病态，太健康了并非我所好也。

环保人士反对把花剪下来插入花瓶，我倒没有这种罪恶感。花不折也会垂死，将它们生命最灿烂的那一刻贡献给爱花人，有什么不好？

家中花瓶大大小小数十个，巨大方形玻璃的用来插向日葵，中的插牡丹或姜花，小的留给茉莉。

买姜花时，老太太常用刀把茎切一个"十"字，令吸水力更强。这做法很有道理，花期延长，全靠它。除了十字，还有另外种种方法：一、削皮式，把茎部表皮切口，抓住，往上撕；二、干脆在水中折断，也简单了当；三、斜切；四、用钻槌把茎底敲烂；五、燃烧法，用喷火器把茎底烧成炭。（别以为这种方法太剧烈或太残忍，烧过切口的根茎会更急剧地吸收水分，而且活性炭会隔掉水中的杂质。）

插花用的水也有几种。我家过滤器的水不只用来自己喝，也分给花享用，两种水一比较，我知道过滤水的功力。冬天用温水浸花也是办法，有时还可以加一点酒精。

植物切口处会流出树液、油脂等，令水污染。对付这种情况，只有请花喝酒。

来，干一杯吧。

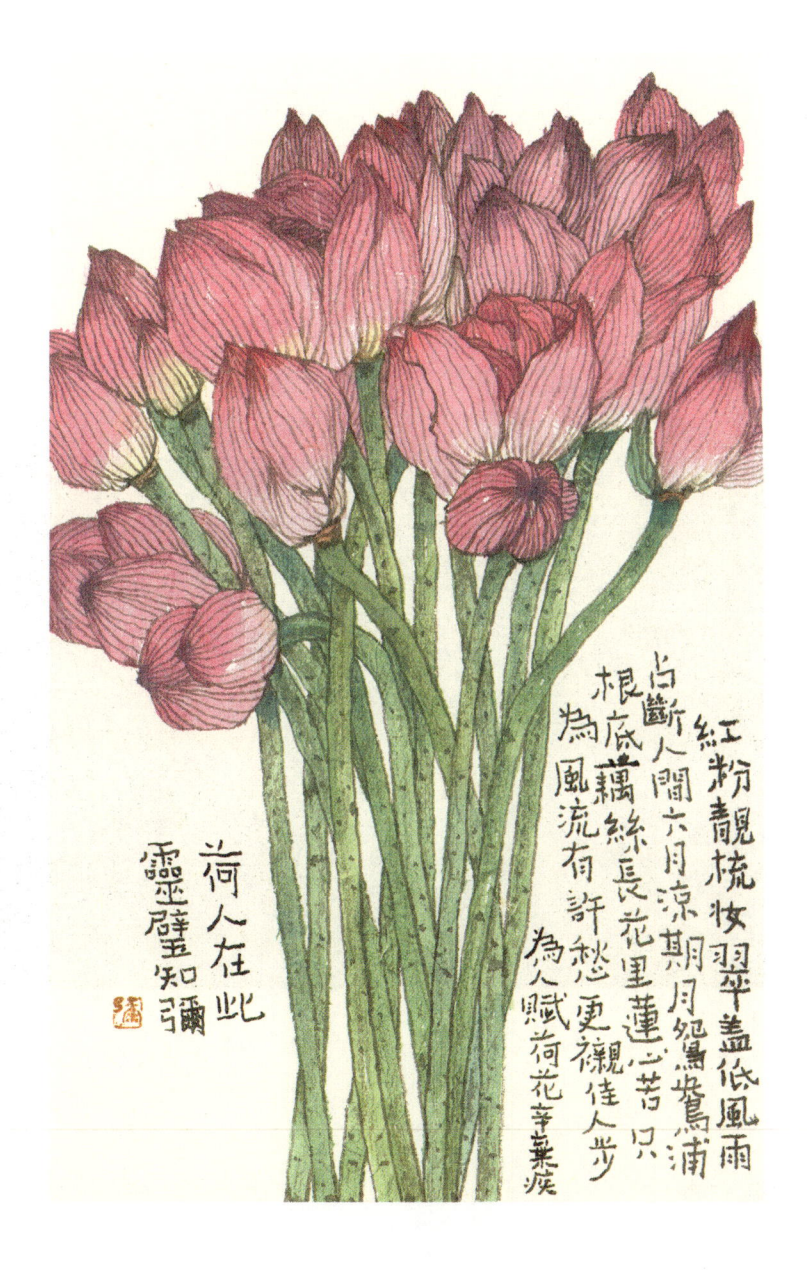

紅粉靚梳妝翠蓋低風雨
白斷人間六月涼期月姹鴛鴦浦
根底藕絲長花里蓮心苦只
為風流有許愁更襯佳人妙
為人賦荷花辛棄疾

荷人在此
靈璧知彌

恆來清夢好應是發南枝

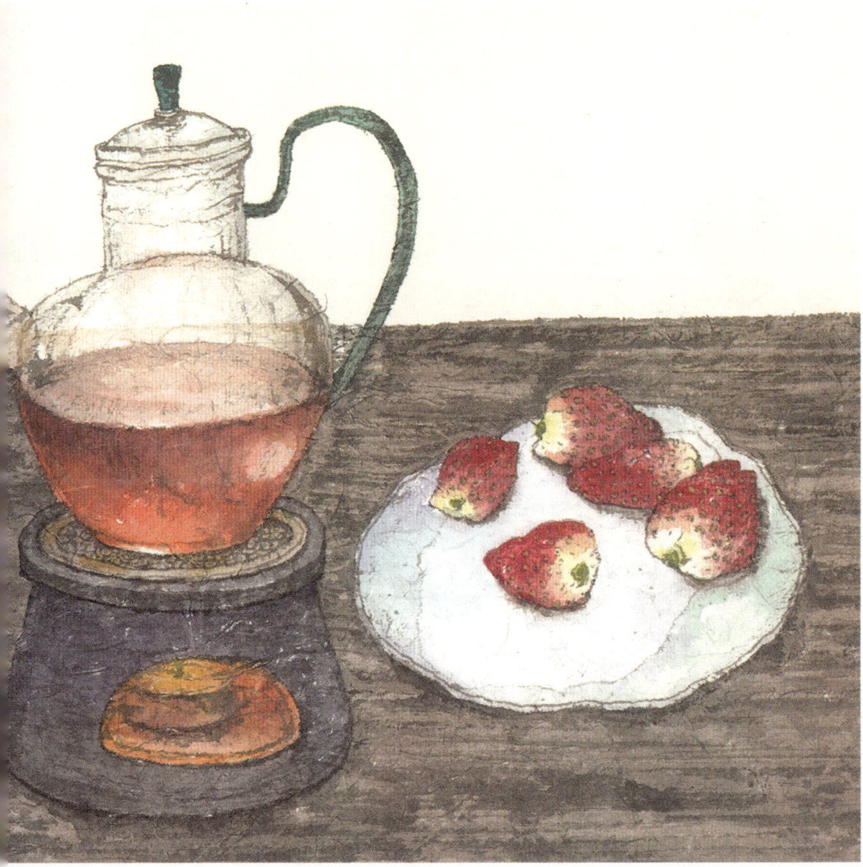

牽著老街

揣著雪花

決計在一個黃昏灌醉愛情

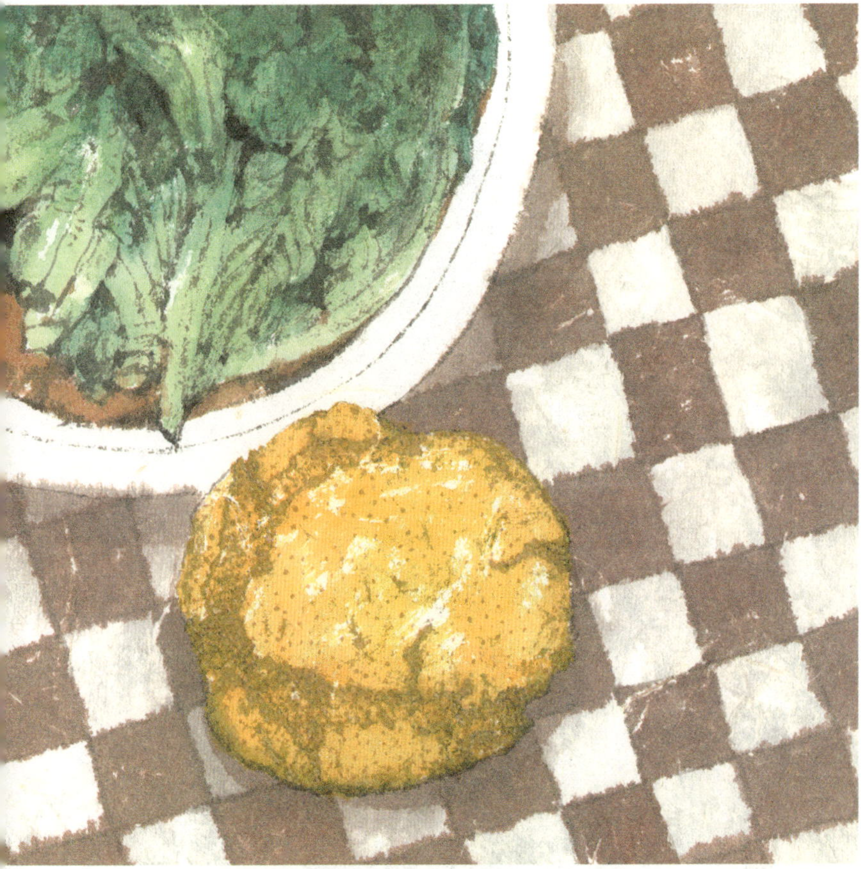

我有所念人
隔在遠遠鄉

我生活的地方我為何生活

柴帽雙全

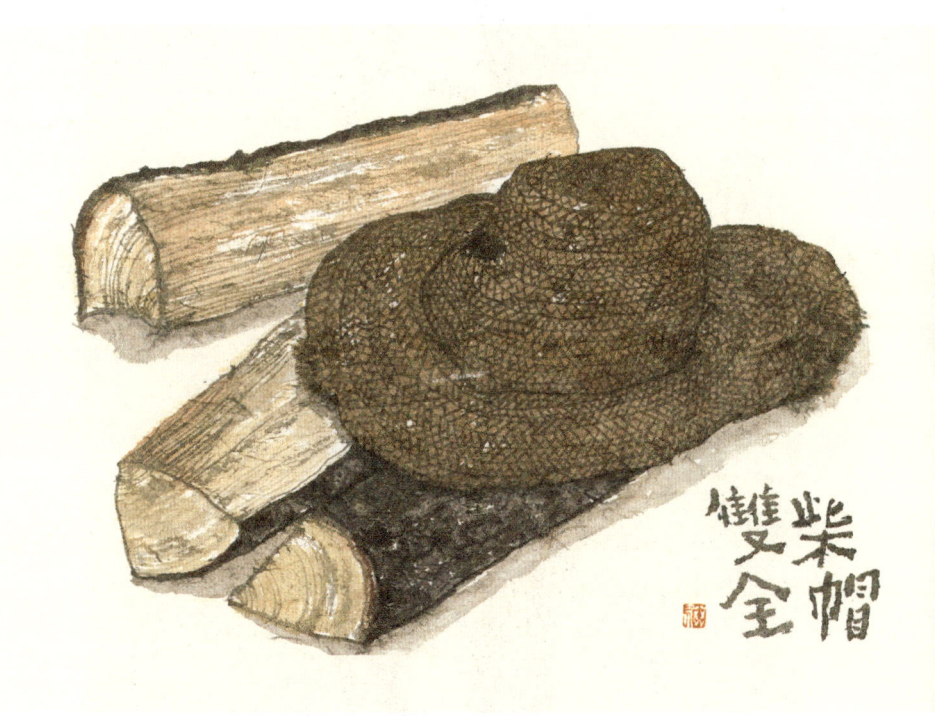

淫食文化

有些菜名，取得有点岂有此理，什么"如意吉祥"也敢写在菜单上，都不知道内容是什么东西，真应该打屁股。

总要有点关联吧？就算俗的"新马仔冲凉"也好，是出乎意料的排骨汤。

最荒唐的莫过于近年的饮食文化，被叫为"淫食文化"。

最近就出现了这一类的餐馆，菜单上有"青龙出海"和"玉女横陈"，就把顾客引得想入非非。

马上把所有的东西都叫齐了。

先上汤，一看，是一碗黑色的东西，原来是发菜，上面摆了一大条，连肉都没有，就要卖你十几块。这条发菜，是绿色的，代表了一个"青"字；而那碗汤，代表了大海，这道菜就是"青龙出海"。

"玉女横陈"呢？就是清蒸鱼嘛。

"这怎么能叫玉女横陈？"顾客呱呱大叫，责问侍者。

那厮懒洋洋："你没看到鱼肚的白色吗？不像玉女的肚皮

像什么?"

按爱情风格上菜的还有:"一见钟情",只是清炒牛肉。侍者又解释:"你喜欢吃牛肉的话就会钟情。"

"如胶似漆",则是黏黏糊糊的苹果拔丝,也不管甜品是不是应该后上。

"勾勾搭搭",顾客想破了头也不知是什么,原来是黄豆芽炒绿豆芽。侍者说:"从前我们把这道菜叫作金挂银。"

爱情也有悲剧结局,最后上的一道菜叫作"情人的眼泪",是肚丝中加了大量的芥末。侍者说:"吃一口,保你哭个饱!"

诚实的假表商

朋友带我走入台北东门一条横巷，登上狭小的楼梯，敲敲门。

露出一双精明的眼，他认识我的朋友，小心地察看后面没有旁人后就开了门。是个高高瘦瘦的老头儿，以很重的闽南腔说："要什么牌子？男装还是女装？多少个？"

我三心二意。

他说不如先看货色吧，接着拿出一本印刷精美的小册子。

哇！真不得了，什么劳力士、芝柏、环球、卡地亚、登喜路都有，旁边还标明价钱，有些只有原装表的百分之一那么便宜，简直不敢相信自己的眼睛。但是照片不准，我要求看货，老人说款式太多，请指定一种。我顺口说了个牌子，他从柜子中抽出一盘表，有数十个。仔细地看，的确没有破绽。

"这种手表常有一两个星期慢五分钟的毛病。"我用过这个牌子，果然被他一言道破。

他说："我做的假货，内脏已经改为石英，绝对准确，你可以试用一个月,要是慢了拿来换,我给你一个新的,换到你满意为止,不多收你一毛钱。"

选了一个契里尼宝藏的设计,问他要多少钱,他回道:"二十美金。"

我说:"算便宜一点行不行?"

老人摇摇头,笑着说:"你要那个半金半钢的吧,只卖十五块。不过,金的部分用一年后会褪色。"

友人忠告:"褪色的不好,你不要买。"

老头儿又笑:"用了一年,也值回本钱了吧?"

友人给他讲得脸红。

付了钱后,他介绍我买一只全金的男装劳力士,我拿到手,不管外表和重量都和真的一模一样。

他还打开壳子给我看,拿了放大镜看,见小零件上也印着劳力士标志。它还有大方的盒子和证明书。

我有点心动,问他价钱,他要得很高,是原装表的一半。

"这是我的心血。"他说,"就是劳力士的专家来看也看不出。我是将一只真表和一只假表拆开来混合配上。我要是生为瑞士人,就不用卖假表。真是同人不同命哟!"

第三章

有些老友,忽然间想起,特别思念过往相处的一段时光。

奇人异士录

染发膏

早上，到九龙城街市熟食档吃早餐，有人打招呼，转头一看，不是曾江是谁？好久没遇到他，不过在电视中天天见面，他们的染发膏广告，那么多年来，还是照放。

"第一次播是在什么地方？"我问。

"在戏院里。"他说，"当年只有丽的呼声的黑白电视，哪有彩色的？"

"你记得那时候的广告都是些什么吗？"

曾江说："像好立克、阿华田等，都很硬销，像人人搬屋那样喊口号，用的都是临时演员，我是第一个所谓的名人。"

"谁替你接的？"

"那年代哪有什么经理人？代理商叫我上他们的公司谈，反正没拍过，人家说什么就是什么。"

"给了多少钱？"

"几千块罢了。"

"那时候几万块就可以买一层楼。"我说，"再也没给过钱吗？"

"代理会说签合同时写明广告是永远用的，没有年限，所以没有义务再给钱。如果我要用染发膏，可以免费赠送，哈哈哈。"

"当年你多少岁？"我问。

"二十岁，不到三十。"曾江说，"是一个美好的年代。"

"广告那么多年来没有改过？"我问。

"改过，后来又重新配了一次音，人也变了。"

"你没变呀！"我说。

"我没变，但是身边的那两个女人变了。当年的发型与服装都已不合时宜，用特技把原来那两个女人换掉了。"

我说："你现在更好看，一头灰发。"

曾江大笑："所以我没向他们要染发膏呀。"

倪匡减肥法

写稿写到清晨四点，打电话给倪匡兄。

"哈哈哈哈，"他问，"你们那边三更半夜了，怎么还不睡？"

"明天带团出发，可以在飞机上睡，空姐怎么叫也叫不醒我。你们呢，现在几点？"

"现在下午一点，怎么那么久没听到你的声音？"

"上次倪太来香港，我一直要请她吃饭，最后还是吃不成，真不好意思。"

"你不必不好意思，她现在又去了，剩下我一个人在旧金山。"

"吃东西呢？"

"我昨天只吃一餐。"倪匡兄说。

"那有没有比从前瘦一点？"

"没有，还是一身赘肉。"

我最近不那么胖，人家问我用什么减肥法，我回答说是"倪匡减肥法"。倪匡兄说过不吃就瘦。现在听倪匡兄自己说来,好像倪匡减肥法也不管用了。

"那一餐吃了些什么东西?"我问。

"烤羊腿呀。买了一只四五磅重去骨的,四百五十度火,烤个四十五分钟就可以半生不熟地吃,真美味。把那些羊油拿来炒青菜,不知多香!"

"用刀子把羊腿插几个洞,塞进蒜头,烤了更香。"我说。

"那么麻烦干什么?"他反问,"羊肉是所有肉类之中最好吃的了,怎么烤都行。"

"不怕膻?"

"羊膻了才好,广东人最古怪了,说这碟羊肉不膻,味道不错。哈哈哈哈,这是什么道理?不膻吃来干什么?"

我也赞同。四五磅的肉,怪不得一天吃一餐,也照样发胖。

故事

半夜和倪匡兄通电话。

"哈哈哈哈,"他大笑四声后说,"最近常看你改写的《新聊斋》,真过瘾。"

"也不是改写,只借它的精神。"我说。

"我小时候也是最爱读《聊斋志异》的。"倪匡兄回忆,"那么多篇东西,篇篇精彩,不管是长的还是短的。"

"蒲老是一个说故事的高手!"我赞同。

"对。"倪匡兄愈说愈兴奋,"有了故事,人物才突出。我们写的,都依照这个传统。年轻人总爱描写人物,以为说故事是老土。但是要想写出一篇故事感强的文章,难如登天,是他们想不出罢了,哈哈哈哈。"

"编故事的确真不容易,写得好、说得好也要有天分,加上后天的努力。从前在电影公司做事,导演想开戏,需要说一个故事给老板听,没想到大多数导演连一个简单的故事也说不清楚,怎么拍呢?所以你老兄的剧本那么受欢迎,导演说用你的剧本，老板都有信心。"

"我写的剧本看上去很快就能看完，但是导演不一定拍得出，哈哈哈哈。"倪匡兄又笑。

记得当年邵氏开戏，一有卖钱的题材，就约倪匡兄吃饭，并把主意告诉他。倪匡兄即刻如数家珍地提供种种资料，让投资者增强了信心。我们也不知道为什么他的记忆力那么好，说什么懂什么。

"看书呀！"他说，"书看多了，什么都会，什么都那么简单。"

我也读书，就是记不住。认识的几位朋友，记忆力最好的是金庸先生和他。胡金铨兄的记忆力亦佳，可惜少写作，他记的都是与导演手法有关的东西。

但是记忆力好不好是一回事，先要看肯不肯听别人说故事。有些人只是说，从来不听，一辈子说不出一个好故事。

何藩

有些老友，忽然间想起，特别思念过往相处的一段时光。何藩，你好吗？

让我洗刷记忆吧，何藩是在二十世纪五十年代至七十年代，在国际摄影比赛中连续得奖二百六十七次的人，曾被选为博学会士及世界摄影十杰多回，曾著有《街头摄影丛谈》《现代摄影欣赏》诸书。

当年，阳光射成线条的香港石板街、菜市、食肆，皆为他的题材。虽然以后的摄影家们笑称这类图片皆为"泥中木舟"的样板，但当年不少游客都被何藩的黑白照吸引而来，旅游局应发一个奖给他。

硬照摄影师总有一个当电影导演的梦，何藩也不例外。一九七〇年他拍摄实验电影《离》，获英国宾巴利国际影展最佳电影。

之前，他已加入影坛，当时最大的电影公司有邵氏和电懋，他进了前者，在《燕子盗》一片当场记。影棚的人看他长得白白净净，做演员更好，就叫他扮演妖怪都想吃的唐僧。一共拍了《西游记》《铁扇公主》和《盘丝洞》数片。

他还是想当导演，一九七二年导演首部作品《血爱》之后，以执导唯美派电影及文艺片见称。

何藩每次见人，脸上都充满阳光式的微笑，和他一块谈题材，表情即刻变严肃，皱起八字眉，用手比画，像是一幅幅的构图和画面已在他心中出现，非常好玩。

也从来没见过脾气那么好的导演，他从不发火，温温吞吞，公司给什么拍什么，一到了现场，他就兴奋。

有多少钱制作他都能接受，他以外国人说的"鞋带一般的预算"，在一九七五年拍了一部叫《长发姑娘》的戏，赚个盆满钵满。

所用的主角丹娜，是一位面貌平庸的女子，但何藩在造型上有他的一套。叫丹娜把皮肤晒得黝黑，加一个爆炸型的发型，与清汤挂面似的长发印象完全相反。她又能脱，实在吸引不少年轻影迷。

何藩已移民国外，听说子孙成群。不知近况如何，甚思念。

丁雄泉先生

爱上丁雄泉先生的画，只因为被鲜艳的色彩所感染。

我认为短暂的人生没什么意思，若无花草树木，这个世界并非一个迪士尼乐园，没那么美好。愈是单调的生活环境，人们愈喜欢色彩。到西藏去就感觉得到，人的服装，又红又鲜，不像泥土那么灰暗。智利山上的农民，服装亦同。丁雄泉先生没有受过正统的绘画训练，当我要求向他学画时，他说："画画谁都会，小孩子一开始就画洋娃娃、房子、花，或是他们的父母，问题是敢不敢用大胆的彩色。我能教你的，也只是色彩的观念。"

从此，在他的画室中，我们研究红、黄、绿、紫的搭配与调和。有时，他会把一张白描的人物画拿出来，让我上色。看过之后，他又添几笔，整幅画便活了起来。

我不贪心，知道永远成不了画家，精神负担就减轻了，胆子也跟着变大了。常蘸了色彩，泼墨般涂下去。

他儿子告诉过我："爸爸一向珍惜他的作品，我从来没有看过他让人那么乱来的。

丁先生为了鼓励我,在那些已经被幼稚技巧弄坏的画上题字,说是两人合作,令我又感激又惭愧。

从来也没想过独创一格,能模仿到丁先生一点一滴,已经满足,做他的徒子徒孙,好过自称什么大师。当然,我画出来的东西,有丁先生的影子。

这次到欧洲,从法国乘火车驶往伦敦时,我提着的行李,也画上了鹦鹉和猫。在巴黎车站,有个女的忽然冲上前与我拥抱,我愕然时听到她大叫:"Mr. Walasse Ting(丁雄泉先生)!"

原来,她把我误认为丁雄泉先生。我的脸涨得通红,连忙解释。虽然对不起丁先生,但这是我人生中最大的成就感,永远感激他老人家对我的教导和爱护。

苏美璐

常为我的文章画插图的人,叫苏美璐,是位不食烟火的女孩子。

样子极为清秀,披长发,不施脂粉,个高,着平底布鞋。

不知从什么时候开始,我们之间产生了很强的默契,每次看到她的作品,都给我意外的惊喜。

我写了墨西哥的一位侍者,她没见过这个人,但依文字,画出来的样子像得不得了,我拿给一起去墨西哥拍外景的工作人员看,他们都把侍者的名字喊了出来。

画我的时候,她喜欢强调我的双颊,样子十分卡通,但把神情抓得牢牢。

办公室中留着她的一幅画,是家父去世后我向诸友鞠躬致谢的造型。全幅画只用黑白线条,我把画裱了,将旧黄色和尚袋剪了一小块下来,贴在画上,只能说是画蛇添足,但很有味道。

写倪匡的时候,她为我画了两张,其中之一:倪匡身穿

"踢死兔"晚礼服，长了一条很长的狐狸尾巴。倪匡看了很喜欢，说文字虽佳，插图更美，要我向苏美璐讨了，现在挂在他旧金山家中的书房。

时常有读者来信询问美璐的地址，要向她买画。美璐对自己的作品似关心不关心，画完了交给杂志社，从来不把原稿留下，倪匡的那两张，她居然叫我自己向杂志社要。

美璐偶尔也替《时代周刊》和国泰航空的杂志画插图，今年国泰航空赠送的日历，是她的作品。

而美璐为什么住大屿山？她说生活简单，房租便宜，微少的收入，也够吃够住的了。

到年底，她与夫婿要搬回英国，我将失去一位好朋友。虽未到时候，人已惆怅。

埋葬

苏美璐抗拒了计算机多年，终于屈服，最近装了一台。

目的是想把她的作品扫描后传到香港。至今为止，都是我写了文章，传真给她，她看了即刻画插图，最后用DHL寄回来。

如果能够逼真地用计算机传来，这中间缩短和节省了多少时间和金钱？

她有这个意识多多少少受了我的影响，她认为我这个老头儿都学会了，她自己不可能不懂，只是思想上抗拒罢了。

效果如何，还没有定论。苏美璐把画传来，同时也照用快速邮递。她还要看看周刊的美术指导认为插图合不合格，再下定论。

艺术家们对作品要求甚高，对色彩一丝不苟，如果失真，就难过自己那一关，不像我们凡人，得过且过。

起初她电邮了我数次，都没有收到，后来才联络上。我也在计算机上回复她，她也没音讯，只好用传统方法传真讯问。

多年来，我们一直用传真联络，除了和工作无关的柴米油盐，什么都谈。她传真说备了一个档案，我的信件已堆积如山，如果现在改用计算机联络，是否表示一个时代的终结？

我回答说反正也不是什么文学作品，用任何方式都一样。而且，最重要的是日久之后，传真纸便逐渐消失，鼓励她还是用电邮好一点。

终于，我们用电邮联络上。她需要些资料作插图参考，我告诉她Google（谷歌浏览器）的网址，她发现了这个挖不尽的宝藏后，和她先生两人欣喜若狂，再也不那么憎恨计算机了。

这时，她的传真机忽然终止了一切功能，完全不能修理，她问我它是不是死去了？怎么办？

"在花园挖一个洞，将它埋了。"我说。虽然没有看到她的表情，我想她在首肯。

笑儿

阿明很乖，脸上一直挂着笑容。

记得她刚出生时，苏美璐曾经来信形容这个孩子，从来不哭。当年我正在写一系列的鬼故事，参考《聊斋志异》重新创作，读到书中的一个人物，就向苏美璐建议："中文名阿明，字笑儿。"

父亲Ron Sandford，起初我不知中文名字的写法，就译了一个"朗沙福"，反正清官中有一个意大利画家名叫郎世宁嘛。虽然Ron Sandford是苏格兰人，对我们来讲，老外都是来自同一个地方。苏美璐来信更正，说中文名应该叫为"乐山夫"，是画家黄永光先生为他取的。好，即刻重写画展海报上的字。

中国人的姓名中间那个字，是用来表示辈分，从前我的名字之中有个字，发音与长辈相似，也要被改掉。现在这一家人，父女中间共享一个"山"，变成了同辈，犯了大忌。老外嘛，也无所谓了。

这几天，笑儿手上有件行李，那是送巧克力给她时的那个纸袋，内容已吃完，装进去的是一只布熊。小孩子，总有一两样不离身的东西，像莱纳斯的那条棉被一样。

这个纸袋一旦被拿走了，阿明就会大发脾气。我一看，马上带她去买冰激凌，雪糕一到手，笑儿不哭了。

她父亲说："冰激凌，是小孩子的货币。"我对钱没什么观念，不知道这句话的意思。

笑儿在香港玩得高兴，忽然脸色又不对，向父母说："我要回去。"

"请司机送她回酒店吧。"我说。

她父母说："阿明要回的是Shetland（设得兰群岛）。"

那可得花三天时间，又带她去买雪糕。苏美璐说："冰激凌，是小孩子的酒精。"这次我完全听懂了。

何嘉丽

电台名DJ（音乐节目主持人）何嘉丽，最近常跟我的旅行团到处跑。

嘉嘉工作之后打的几份工都是高薪，最近被挖去另一个大机构做事，更是如鱼得水，每逢假期就带妈妈旅行，充满孝心。

口齿伶俐是当然的，嘉嘉当年还出过几张畅销唱片，记忆犹新。

那首《夜温柔》，非常难唱，就算是歌喉好的人，也记不住歌词，不敢在卡拉OK中乱点这首歌。

《夜温柔》是我监制的一部叫《群莺乱舞》的电影中的主题曲，从那个时候认识她。

到现在还有很多听众怀念嘉嘉当年主持的电台节目《三个小神仙》。后来，她和我也合作过一个深夜的节目，叫《最紧要系好玩》。

从小木讷的我，没想到能在电台上出现，经过她多番的鼓励和训练，后来连电视也上了，嘉嘉能称得上是我的老师。

从年轻人身上,我学到很多,尤其现在的计算机,不向他们学习经验是不行的。曾经想拜师尊子,请他教我画漫画,那么去了语言不通的国家,如俄罗斯,也可以用漫画来打破人与人之间的隔阂。可惜大家事忙,挤不出时间来完成这个愿望。

目前我还在香港电台"客串"一个环节,于星期一早上九点二十分通话,向香港各位报告我的一些行踪。

星期一又到,我们的旅行团正向淡路岛出发,去看万国花卉博览会,电话响了。

和主持人聊了两句,就交给嘉嘉去讲,让她和疏远已久的听众打招呼。

电话中,主持人问:"蔡澜老去日本,不厌烦吗?"

嘉嘉说:"我们当团员的老跟也不厌烦,蔡澜当然不厌烦了。"

陈小姐

第一次遇到陈宝珠小姐本人。

何太太来吃越南食物，和她一起到九龙城的"金宝越南餐厅"去，我做陪客。

陈小姐温文尔雅，名副其实的淑女一名，样子还是那么美丽。

人生总要进入的阶段，陈小姐的也来到了，她给我的感觉只能用英文的"graceful"来形容，字典上这个词译为"优雅的、合度的"，都不够形容她。

前几天晚上，我们一班人吃饭时也讨论过"grace"这个词，研究了它与宗教的关系——是上帝的恩典。"a state of grace"更是上帝恩宠的状态。如果译作中文的"天赐"，也俗了一点。

餐厅吴老板要求与陈小姐合照，作为私人珍藏，由我抓相机。拍后我也不服输，和她一起拍了一张，大叫："发达啰！"

饭后驱车到花墟散步，陈小姐没有来过，处处感到新奇，花名问了又问。

"这是什么?"她指一堆植物问。

"猪笼草。"我说,"由荷兰进口,改了一个'猪笼入水'的名字,卖得很好。"

"香港人真会做生意。"她说。

这时,出现了一位中年妇女,兴奋地叫"宝珠姐"。陈小姐转身一看,即认得她,向我说:"是我的影迷。"

影像即刻出现了,是两帮人大打出手的回忆。

陈小姐问她:"今年多少岁了?"

"四十七。"她含羞地回答。

"姐姐呢?"陈小姐还记得。中年妇女即刻用手提电话联络。陈小姐亲切地和她谈了几句,收线后告诉我"姐姐"当年更是疯狂。

中年妇女还讲了一个秘密,原来陈小姐是懂得种花的,但她一直没提起。

"叫我宝珠,或英文名字。"她向我说。

我微笑不语。叫陈小姐,因为在我们的心目中,她永远是小姐。

小刀

认识尚·皮尔时，我还很年轻，在欧洲流浪。由马赛到里昂，曾到郊外的一个小邻村，和一户农民指手画脚地租了间房，就住下了一阵子。

每个小地方都有它的组织，一家大小集会的是教堂，唯有男人在一起聊天的，当然是那一间唯一的小酒吧了。落脚之后，第一件事就是往那里钻。

打从上了法国码头开始，我已经学会喝他们的酒，最平民化的是李基尔。它一定要混水来喝，颜色深褐，像白兰地，但加了水分之后就变成乳白。与其说像白兰地，不如形容为"滴露"消毒水更传神。而且，喝起来味道也的确像消毒水。用药草浸酒精的李基尔，又甜又苦，很呛喉，但是喝惯了会上瘾，口一渴便想起它。

酒吧中的几个大汉对我投以好奇的眼光。欧洲乡下人很单纯，但也不会随便和陌生人打交道。我那天不想先开口，就一直站在柜台后默默地喝酒。

肚子有点饿，叫了些火腿。先上桌的是面包，一长条。我向酒保要刀叉。酒保耸耸肩，摊开双手，表示没有。

没有？那其他人怎么进食？我往四周一看，法国土佬都是用自己带来的小刀把面包切开。

"当"的一声，一柄刀子飞来，插在我面前的柜台上。刀锋连木柄，加起来有手掌般长，能折叠，打开刀锋后，柄端有个小铁螺，向左边一扭，铁环顶着刀肉，不会折回来割伤手。

这柄刀还在微微地震动。它不像一般的利刃，没有杀伤力，不带侵略性或威胁性，只是一把和平的工具。

"拿去！"在柜台另一侧的老头儿说。他身体健壮，但略为肥胖。

我道谢后举起小刀，把面包摆好，就当锯木头一样地切下去。

周围一片哄笑。

老头儿摇摇头，把面包和刀子接过去，大拇指压在面包上，另外四根手指握着木柄，刀锋向内拉，一块块整齐地切开。

"这样。"老头儿示范。

我点点头，依样画葫芦，即刻成功，众人大乐。

接着，老头儿把一个玻璃罐子推过来，里面浸着很多的小四方块，如中国腐乳一样的羊脂芝士。此物奇臭，要渍于水中才不会发散味道，否则熏死人也。

拿起刀子当牙签，往芝士一插，我毫不客气地吃了一块。

老头儿拍拍我的肩膀,说:"那么臭的东西你也敢试!不错!"

我指着挂在墙上的火腿,"敢吃。"又指着香肠,"敢吃。"再指洋葱、大蒜,"敢吃。"最后指着那柄小刀,"不敢吃。"

众人大笑,围过来请我喝李基尔。老头儿伸出他的手:"我叫尚·皮尔。"

我大力握着,皮肤很粗糙,但我感觉到一阵阵的温暖。

从此,我一直随着尚·皮尔到处走。

他的儿女已长大,他不用自己劳动,闲来无事,老喝红酒。坐在树下,由袋中又拿出另一瓶,没有开酒器,他拔出小刀,向瓶盖左一插右一插,再轻轻地前后摇松,"啵"的一声,就把木塞挑了出来。

我们喝完了酒就躺下来睡午觉,厚厚的一层黄金落叶,是张很柔软的床。醒来遥望着小湖,老半天,动也不动。我从来没有遇过这样的生活,倒也不觉得闷,反正他要干什么我就干什么。两个人有时候连一句话也不说。

掏出蓝色的硬烟盒,抽了一支又粗又肥的烟,他说:"拿去。"

我接过来,看烟没有滤嘴,烟叶是黑色的,可见一定很烈,是法国普通人爱抽的"吉妲牌"。吉妲,吉卜赛人的意思,盒上画着一个拿着扇子的跳舞女郎。

吸了一口,喉咙好像给几十只手搔了痒,即刻大力咳嗽起来,满脸涨得发紫。尚·皮尔又大笑。

我瞪了他一眼,继续睡觉。

听到"唰唰"的声音,我偷看了一下,只见老头儿用小刀削树枝、挑洞。不一会儿,他雕出一管烟筒,递给我,说:"拿去。"

树上有很多成熟的核桃,我想尝尝。摇树干,哪摇得动?气起来,干脆脱了鞋子扔去,几次都打不中,打中了只掉一两颗。

尚·皮尔摇摇头,他伸手把落叶拨开,原来遍地都是核桃,像一个取之不尽的宝藏。

我把两颗核桃抓在手中,用力地压,有时核桃爆得开,有时挤压半天都无效。试了几次,已经手软。尚·皮尔一直冷眼地看。我不认输,掏出手帕,包了几颗在里面,抓紧手帕的四个角,往树干大力摔去,核桃裂开,肉完整,我贪心地吃得满嘴。尚·皮尔对这个开核桃的方法颇为欣赏,自己试了几次,痴痴地笑。

捡了一个大粒的,尚·皮尔拿小刀细心地雕琢。完成之后交给我。

那个核桃让他刻出了一个侧面的男人面孔,壳上的皱痕,看上去是一头长长卷卷的假发。正在想这个人像谁的时候……

"路易十三,路易十三!"尚·皮尔顽皮地笑。

我捧腹大笑。

临走的前一天,我乘巴士到里昂镇上,在大酒铺买了一瓶X.O白兰地。

"拿去。"我学尚·皮尔的口头禅,把酒交给了他。

当晚，他在家里请我吃饭。

火炉中的松木发出香味。

尚·皮尔的太太和他一样肥胖，双颊红得像苹果，从大铁锅中舀出浓厚的牛肉汤来，命令我多吃一碗。

老头儿拿刀切面包蘸着汤入口。

"这把刀，不离你。"我说。

"是的。"尚·皮尔张开双掌，"它是我的第十一根手指。"

"刀很小，不会伤人吗？"我问。

尚·皮尔望着小刀，沉入回忆："广阔的原野，一大片芥菜花，像黄色的海。几个孩子在花田中，为一个满脸雀斑的少女决斗。对方拔出这把小刀，我把它抢了过来。"

说完他摊开左手，有一道很深的疤痕。我禁不住为他心痛。

"后来呢？"

"后来？后来这个少女感动了，长大了嫁人。你看这个大肥婆，就是她！"尚·皮尔指着他太太大声地笑。

他老婆走过来拧他的肚皮，但也很开心地笑。

隔天，尚·皮尔坚持要送我到火车站。

车开动了，我探出身子来向他招手，他跟跑了几步，把一样东西塞在我手中，是那把小刀！

看着他肥胖的影子渐小，好似他失去了什么东西。是的，他已把他身体的一部分，送给了我。

老人与猫

岛耕二先生在日本影坛占着一席很重要的位置,大映公司的许多巨片都是由他导演,买到香港来上映的有《金色夜叉》和《相逢音乐町》等,相信老一辈的影迷会记得。

他原是位演员,样子英俊、身材魁梧,当年六英尺高的日本人不多。

我和岛耕二先生认识,是因为请他编导一部我监制的戏,谈剧本时常到他家里去。

从车站下车,徒步十五分钟方能抵达,在农田中的一间小屋,有个大花园。

一走进家里,我看到一群花猫。

年轻的我,并不爱动物,被那些猫包围着,有点恐怖的感觉。

岛耕二先生抱起一只,轻轻抚摸:"都是流浪猫,我不喜欢那些富贵的波斯猫。"

"怎么一养就养那么多?"我问。

"一只只来,一只只去。"他说,"我并没有养,只是拿东西给它们吃。我是主人,它们是客人。'养'字,太伟大,是它们来陪我罢了。"

我们一面谈工作,一面喝酒。岛耕二先生喝的是最便宜的威士忌 Suntory Red,两瓶一共有1.5升的那种,才卖500日元。他说宁愿把钱省下来买猫粮。喝呀喝呀,很快就把那一大瓶东西干得精光。

又吃了很多岛耕二先生做的下酒小菜。肚子一饱昏昏欲睡,就躺在榻榻米上。常有腾云驾雾的美梦出现,醒来发觉是那群猫用尾巴在我脸上轻轻地扫。

也许我浪费纸张的习惯,是从岛耕二先生那里学来的。当年面纸还是奢侈品,只有女人化妆时才肯花钱去买,但是岛耕二先生家里总是这里一盒那里一盒的,随时抽几张来用。他最喜欢为猫擦眼睛,一见到它们眼角不清洁就向我说:"猫爱干净,身上的毛用舌头去舔,有时也用爪洗脸,但是眼缝擦不到,只有由我代劳了。"

后来,到岛耕二先生家里,成为每周的娱乐。之前我会带着女朋友到百货公司买一大堆菜料,两人捧着上门,用同一种鱼或肉举行料理比赛,岛耕二先生做日本菜,我做中国菜。最后,由女朋友评判,我较有胜出的机会,女朋友是我的嘛。

我们一起合作了三部电影,最后两部是在星马出外景。遇到制作上的困难,岛耕二先生的袖中总有用不完的妙计,抽出来一件件地发挥,为我这个经验不足的监制解决问题。

半夜，岛耕二先生躲在旅馆房中分镜头，推敲至天明。当年他已有六十多岁。辛苦了老人家，但是我并不懂得去痛惜，不知道健壮的他，身体已渐差。

岛耕二先生从前的太太是大明星、大美人轰夕起子，后来的情妇也是年轻貌美的，但到了晚年，却和一位面貌平凡、开裁缝店的中年妇人结了婚。

羽翼丰满的我，已不能局限于日本，飞到世界各地去监制制作费更大的电影。不和岛耕二先生见面已久。

逝世的消息传来。

我不能放弃一班工作人员去奔丧，第一个反应并没想到他悲伤的妻子，反而是：那群猫怎么办？

回到香港，见办公室桌面有一封他太太的信。

……他一直告诉我，来陪他的猫之中，您最有个性，是他最爱的一只。（啊，原来我在岛耕二先生眼里是一只猫！）

他说过有一次在槟城拍戏时，三更半夜您和几个工作人员跳进海中游水，身体沾着漂浮着的磷质，像会发光的鱼。他看了好想和你们一起游，但是他印象中的日本海水，连夏天也是冰凉的。身体不好，不敢和你们去。想不到您不管三七二十一地拉他下海，浸了才知道水是温暖的。那一次，是他晚年中最愉快的一个经历。

逝世之前，NHK（日本广播协会）派了一队工作人员来为他拍了一部纪录片，题名为《老人与猫》，在此同时寄上。

　　我知道您一定会问主人死后，那群猫由谁来养？因为我是不喜欢猫的。

　　请您放心。

　　拜您所赐，最后那三部电影的片酬，令我们有足够的钱把房子重建。改为一座两层楼的公寓，有8个房间出租给别人。

　　在我们家附近有所女子音乐学院，房客都是爱音乐的少女。有时她们的家用还没寄来，就到厨房找东西吃，和那群猫一样。

　　吃完饭，大家拿了乐器在客厅中合奏。古典的居多，但也有爵士，甚至有披头士的流行曲。

　　岛先生死了，大家伤心之余，把猫分开拿回自己房间收留，活得很好……

　　读完信，我禁不住滴下了眼泪。那盒录影带我至今未动，知道看了一定哭得崩溃。

　　今天搬家，又搬出录影带来。

　　硬起心把它放进机器里。荧光幕上出现了老人，抱着猫，为它清眼角。我眼睛又湿，谁来替我擦干？

人间市标

人，像建筑物一样，都能成为市标。可惜的是，老建筑有时还会受到保护；而人，在他们活着时不去看看，就没机会了。

在中环永吉街的摊子中，领有牌照的，除了柠檬王那一家之外，就是一档卖毛笔的。八十二岁的李天祥先生，一辈子都在那里摆档，卖的毛笔便宜得令人发笑。档口拉了横布，写着："为天下事读书写字，二十元七支。"

今天下大雨，以为他没做生意，看到他还是西装笔挺地站着。李先生曾经说过："我只有两套西装，但是也要穿来尊重客人。"

文具店的毛笔都要卖到几十块钱一支，李先生的也是从内地进货，但不暴利，他笑着说："在中环摆档摆了几十年，不发达的也只有我一个吧？"

如果把钱存起来，也算是笔小储蓄，但是他二十多年来从未间断，每年回家乡岭东，总是把钱捐给一所小学。领过他奖学金的学生都上过大学,现在担任起要职来了。

"子女呢?"我问。

"他们的书没念成。"李先生说,"不过很懂事,也不埋怨我把钱都捐光。"

"太太呢?"

"十年前过世了。"他没带悲伤,"我自己住在一个四百平方英尺的小房子里,漏水也不去修,能省几百块,学校就多几百块。"

每个收到李先生奖学金的同学,大概以为他是什么华侨富商,我真想抓他们来永吉街看看这个档口。

李先生每年都说有预感,再也做不下去,但每次到永吉街,还看得到他。偶尔,他会拿出一张嘉应商会的照片,说:"曾宪梓和我都是客家人,但是我是唯一没有办公室的董事。"

我笑了:"为你,我尊敬客家人。"

一技之长

书画文具店,知名的有上环的"文联庄"和油麻地的"石斋"。老板黄博铮先生,本身是一个书法家,与同好共创"甲子书法社",一周一次在店里雅集,也教学生。

做这一行的,本身不爱好艺术不行,黄先生说:"市场很狭窄,没什么人肯干。"

我就是喜欢光顾这种"没什么人肯干"的铺子。"石斋"中各种文具齐全,单单宣纸就有上百种选择,我最爱用的是"仿古宣"。

字画收藏一久,白色或米黄色的纸,便会变成浅褐色或淡绿色。后者的颜色最美,看起来非常舒服,那种绿绿得可爱,像新摘的龙井。闻起来还有种香味,真个名副其实的古色古香。当今写字,不可能有这种效果,只有用"仿古宣"了。色彩一样,但没有香味,也只好接受。

店里也替客人接刻印的单。不收费用,直接让顾客和名篆刻家接触。我的大师兄孔平孙先生也帮人家刻,小师兄禤绍灿本来也在"石斋"挂作品，但近年来积极教拳，篆刻方面少去碰。古人说，做才子有二十种条件，琴棋书画后还有个"拳"字。绍灿师哥是真正的才子，我只是二十分之一才子。

这个年代，还有什么人对书画有兴趣呢？老板黄先生说："主要客路是一些中产阶级，公务员和老师居多。他们收入稳定，空余时间控制得住，就会学字画了。但是近年来铁饭碗也打破了，客人又减少。"

"我们这一辈，也被父亲骂不学无术，"我说，"我相信青出于蓝，总有人肯学。"

"是的，"黄先生说，"有一技之长，至少老了可以摆摆摊写挥春，不必去当看更。"

二窟

小时候读电影书籍，看到一则名导演马荣·李莱经常来香港的事。

为什么来香港？拍戏吗？旅游吗？

答案完全不是。他来香港制造玩具。

很多电影人除了电影，一生不会干别的，他们以为电影已是一切，做其他事全部是旁门左道。生意更与艺术搭不上关系。

殊不知电影是一种燃烧生命的行业，那么多人在干，失败者居多。出众的，少之又少。一直维持在顶峰是个梦，现实中根本不可能实现，就算卓别林、库布里克等聪明绝顶的大师，至晚年，也呈现疲倦状。

生涯之中，总是有起有落。电影人，大多数以为自己是天才，只有往上爬，一部比一部卖座，没有倒下来的日子。电影行业那么吸引人，是有它的道理的。

就算一直倒霉下去，有一天忽然拍部莫名其妙的戏，即刻翻身。所以大家都死守下去。

一部电影的卖座，全靠天时地利人和，有时即便拍得好，但说仆街就仆街。

电影人不信邪："我从前也拍过卖座戏，这一部不行，下一出证明给观众看。"

从前是用别人的钱拍的，现在为了证实自己的才华，把老本也投资下去。这一次，又完蛋了，储蓄完全花光。

一切靠自己。到了晚年，潦倒的不少。昔日风光，很难回头。享受惯了，余生怎么过？

所以有钱的时候应该做点小生意，最好是自己的爱好，像童心未泯的李莱，有什么比做玩具更好？只要不花完自己的投资，年轻时就得做。

而人生最大的投资，莫过于培养本行之外的兴趣，专心研究，成为副业。所谓狡兔三窟，电影人的聪明，何止狡兔？至少也要二窟呀！

田记花店

对白兰花的迷恋有增无减，在九龙城街市买完菜，就走过衙前塱道口，到七十一角落铺的隔壁田记花店买几朵，才上班去。

可惜此花有季节，每年开两次，夏天和深秋，过了那段时期，只有想念了。

今天习惯性地走过花档，竟然被我发现了：寒冷的岁暮，怎会有白兰花？

"泰国空运来的。"黄太说。

啊，怎么我想不到？那边热带，白兰变了种，一年四季都开。

那么微小的东西，装在透明塑料袋中，一共五朵，背后还用一片剪成锄形的香蕉叶衬着，卖四块钱。

"一箩箩用冰保鲜，不然很快坏掉。"黄太解释，"我知道你爱白兰，特地进货。"

真感谢她的好意，黄太在这儿开档，也有三十多年。已经六十多岁的她,前几年先生过世,儿子手不方便,在家。和儿媳妇两个人守档口。婆媳之间的关系,特别良好。

"从哪儿买的?"我问。

"花墟呀。"她说,"每天五点钟就去采购。我住在马鞍山,三点多就起。"

"哇,"我问,"那么几点收档?"

"晚上八九点,"她说,"我睡得少。"

看见一盆盆的年花和橘子连花钵,搬运起来也不容易。

"是花墟的人运来的?"我问。

"不。"她指着停在档前的面包货车。走前一看,车里载满花。

"谁驾车?"我问。

"我自己呀!"黄太笑说。

档边常摆五六张空椅,是黄太从垃圾堆中捡回来的,任由七八十岁老先生、老太太坐着休息。

黄太说:"和他们聊天,我觉得很年轻。"

此花此葉常相映

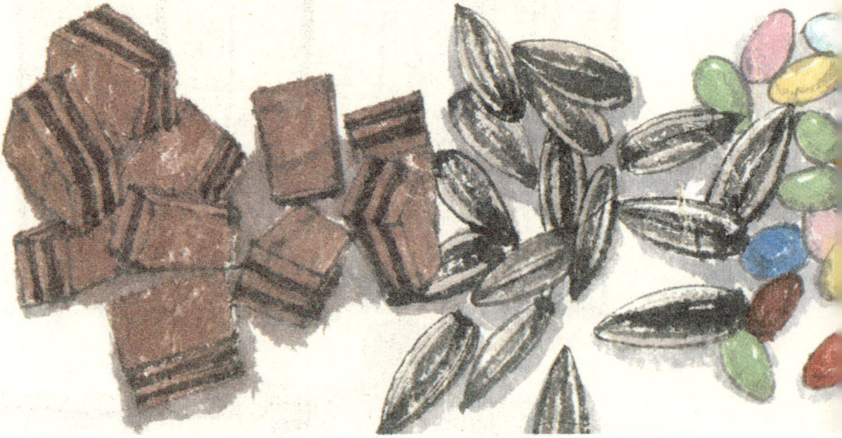

往事
層蠹東風

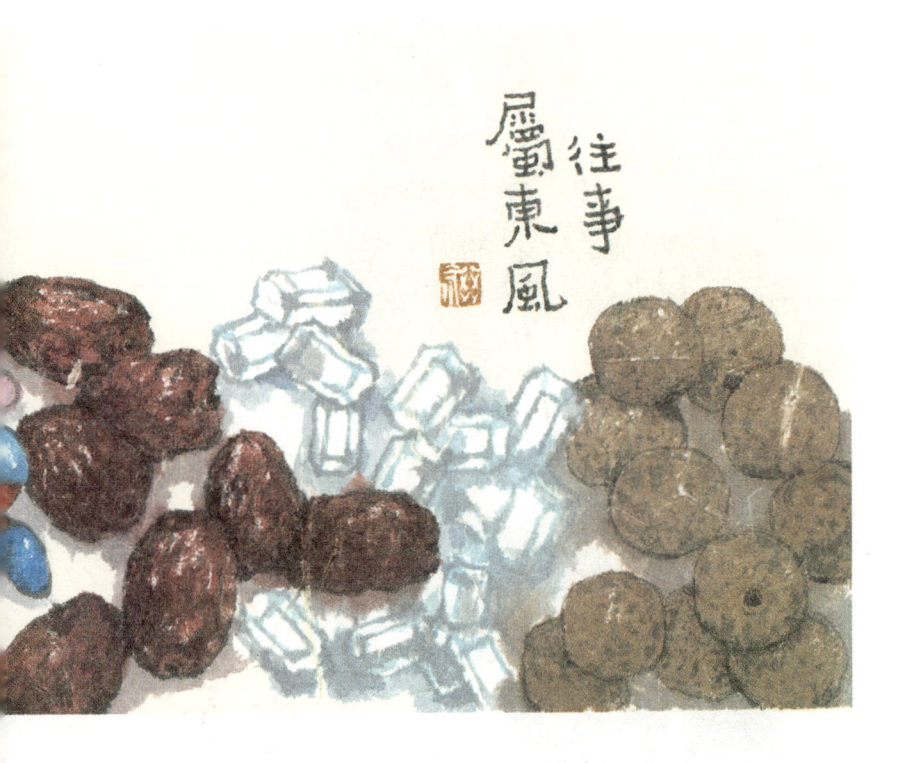

不是人間富貴花

忘情水

一日
一撕

第四章

做人及时行乐最重要。

潇洒自在

一个人的生活

"所以做人及时行乐最重要。"倪匡兄在电话中说,"不然老了,要做什么都做不了,要吃什么都吃不下。老了,牙齿都会软,真是惨绝人寰。"

倪匡兄说话的时候,爱用四字成语,像写文章时一样,所以说"惨绝人寰"说得很顺口。

"我有一个同学,什么都不敢吃,做人规规矩矩。他前几天死掉了,年龄和我一样,哈哈哈哈。"他说。

"倪太好吗?"我转一个话题。

"到香港去了。"他说。

"你一个人不怕寂寞?"

"我最喜欢一个人了。"倪匡兄说,"躲着看书、看计算机,几个小时动也不动,没人管,多快活!这一点倪震也像我,我们两个人都很享受和外界隔绝的生活。"

"旧金山的华人呢?没和你打交道?"

"不可以去碰,一碰就黏上来。他们的时间好像用不完似的，每天来找你，要你做这个、做那个，硬要把自己的生活强加到人家头上去。"

"好，我替你写出来，免得再有这种事。"我说。

"快点写。"倪匡兄说，"有时他们连电话也不打一个，就找上门。"

"你没暗示过他们吗？"我问。

"暗示也没有用，一定要翻脸才有效，哈哈哈哈。"

要你命的老朋友

我们一家人，除了姐姐之外，都抽烟。哥哥吸了一阵子之后戒掉，他是全家走得最早的；父母都吸到七老八老；我和弟弟两个人也一直抽到现在。支气管的毛病是一定有的，大家都说早点改掉这个坏习惯，但说归说，至今还在吞云吐雾。

我吸的第一口烟是偷妈妈的，她抽得很凶，是土耳其系烟叶"好彩"（Lucky Strike）。我中学时学习抽烟，从最浓的开始吸，这个教育算是不错的。

爸爸抽得较为文雅，是英国弗吉尼亚型的"555"和"盖瑞特"（Garrett）等。打仗时物资匮乏，也抽"黑猫"和"海盗"。

早年抽烟根本不是什么坏事，还成了潮流。好莱坞影片中的男女主角你一根我一根，有时男的还一点两根，一根送给女朋友，一根自己吸。

我抽烟虽说是父母教的，但影响我最深的还是詹姆斯·迪恩（James Dean）。他在《无因的反叛》中的形象实在令人向往，没有一个人抽烟抽得像他那么有型有款，不学他抽烟根本不入流。

接着去日本留学了，半工半读，当自己是个苦行僧。抽的当然不是什么昂贵的外国货，什么最便宜就买什么。

价廉的是种黄色纸包装的"Ikoi"，一包四十日元，连玻璃纸也省了。因为我一直吸土耳其系的烟叶，这牌子的也掺了一点，抽起来味道较为接近，反而那些贵一点的像"和平"（Peace）和"希望"（Hope），用了英国弗吉尼亚烟叶，就抽不惯了。

同样便宜的是"金蝙蝠"（Golden Bat），绿色纸包装，味道相当难以接受。但这种烟当年抽起来，已经算是怀旧复古了，所以相当流行。

日本人的脑筋是食古不化的，我向卖烟的店先生买两包，一包是四十日元，他用一个小算盘算，"嘀嗒"两声，说八十日元。隔两天去买，又是"嘀嗒"两声，八十。

正式出来工作时，薪水高了，可以买贵一点的"喜力"（Hi-lite），蓝底白字的包装，一包八十日元，当然也有玻璃纸了。但是这种烟的味道始终太淡。后来收入更佳时，便去抽一种椭圆形的压得扁扁的德国烟，叫为"金色盒子"。它用了百分之百的土耳其烟叶，自己抽是香的，别人闻到却臭得要命。

接着找更臭的。我当年的女朋友崇尚法国的，抽一种叫"吉卜赛人"（Gitanes）的烟，盒子上用蓝白的图案画着一个拿着扇子在跳吉卜赛舞的女郎，味道实在臭。

同样臭的是法国产的"高卢"(Gauloises),也是蓝色包装,盒子上画有一个带双翼的头盔。别小看这种烟,在法国抽它还是爱国行为呢,绘画界的爱好者有毕加索,文艺界的有萨特,音乐界的有莫里斯·拉威尔,连英国披头士的约翰·列侬也是它的烟迷。抽起它来,在一群法国朋友之间会得到尊重,但最后还是受不了,也不理女朋友了,抽别的烟去了。

日本的房子,冬天会放一个大瓷坛,中间烧炭取暖。这时,看到老人家拿了一管烟斗,烟斗头上有个小漏斗式的铜头,中间是竹管,吸嘴也是铜打成的,叫Kiseru。我也学着他们抽了起来,但改装了英国烟叶,日本的太劣了,一吸就咳嗽。这种抽法有个缺点,就是烟斗太小,抽一口就要清一次,非常麻烦。

有时也跟着日本人怀旧起来,抽一种叫"朝日"的烟,非常便宜,因为吸嘴占了整支烟的三分之一。吸嘴是空心纸筒,用手指压扁了当成滤嘴,抽不到两下就灭了,也只是当玩的,不会上瘾。

离开日本回香港后,开始抽美国烟"长红"(Pall Mall),因为它有加长版,自己又买了一个烟嘴加上去,显得特别长,配了我高瘦的身材,抽起来好看。但好看不等于好抽,也不是到处都买得到,后来就转抽了最普通的"万宝路"(Marlboro)。

从特醇的金牌抽起,最终还是回到特浓的红牌子,万宝路的广告和音乐实在深入民心。但说到好不好抽,越大众化的东西，味道一定越普通了。

其实香烟并不香，而且有点臭，臭味来自烟纸。美国香烟的烟纸是特制的，据说也浸过令人上瘾的液体，这有没有根据，不是我们烟民想深入研究的。

有一点是事实，为了节省成本，有很多香烟根本不全是烟叶，三分之一以上是用纸屑染了烟油来代替。不相信，可以取出一支拆开来，把烟叶浸在清水中，便会发现是白纸染的。

终究烟抽多了，一定影响气管，所以烟民都咳嗽，咳多了就想戒烟，而戒烟的最佳方法是改抽雪茄。我已完全戒掉香烟，现在一闻燃烧烟纸的味道就要避开，实在难闻。

当今抽的是雪茄。大雪茄抽一根要一个小时，没那么多空闲，现在改抽小雪茄，大卫杜夫（Davidoff）牌，全部是烟叶。因为美国禁运古巴产品，大卫杜夫很聪明地跑去洪都拉斯种烟叶，在瑞士或荷兰制造这种雪茄。五十支装的雪茄放在一个精美的木盒子之中，看起来和抽起来都优雅得很。

我还是不会戒烟的。烟抽了一辈子，是老朋友了，还是一个要你命的老朋友，可爱得很。

莫再等待明年

作家亦舒在专栏感叹:"莫再等待明年。明年外形、心情、环境可能都不一样,不如今年。那么还有今天,为什么不叫几个人一起大吃大喝、吹牛搞笑?今天非常重要。"

举手举脚地赞成。

旁观者不拍手,反而骂道:"大吃大喝?年轻人有什么条件大吃大喝?你根本就不知道钱难赚,怎么可以乱花?"

花完了才做打算,才是年轻呀。骂我这个人,没年轻过。

年轻时受苦,是必经的路程。要是他们的父母给钱,得到的欢乐是不一样的,我见过很多青年人都不肯靠家。

我想,能出人头地的,都要在年轻时有苦行僧的经历,所得到的,才懂得珍惜。对于人生,才更懂得享受。

所谓的享受,并非指荣华富贵。有些人能把儿女抚养长大,已是成绩;有些人种花养鱼,已是代价。

今天过得比昨天快乐,才是亦舒所讲的"重要"。而这种快乐并非不劳而获,这是原则。

当然有些人认为年纪一大把，做人没有什么成就，但这只是一种想法，是和别人比较的结果。就算比较，比不足，什么问题都能解决。

大吃大喝并不一定花太多的钱，年轻时大家分摊也不难为情。或许今天我身上没有，由你先付，明日我来请。路边档熟食中心的食物，不逊于大酒店的餐厅，大家付得起。

亦舒有时也骂我：一点储蓄也没有，把钱请客花光为止。这我也接受，只想告诉她我并不穷，也有储蓄，是精神上的储蓄。我的储蓄，是老来脑中有大量回忆可挥霍。

活着，大吃大喝也是对生命的一种尊重，可以吃得不奢侈。银行中多一个零和少一个零，基本上和几个人大吃大喝无关。

疏狂

亦舒看了我一本书，叫《狂又何妨》，说我这个人一点也不疏狂，竟然取了那么一个书名。

哈哈哈哈。我也不认为自己疏狂，出了七八十本书，所有书名都与内容无关，只是用喜欢的字眼罢了。

中国诗词有一定的模式，并不自由奔放。到了宋朝，更引经据典，晦涩得要命。诗词应该愈简单愈好……

整首背不出来，记得一句，也是好事。丰子恺先生就爱用绝句中的七个字来作画，像"竹几一灯人做梦""几人相忆在江楼""嘹亮一声山月高"等，只要一句，已诗意盎然。

承继丰先生的传统，我的书只用四个字为书名，像《醉乡漫步》《半日闲园》，等等，发展下去，我可以用三个字、两个字或一个字。

有些书名，是以学篆刻时的闲章为题，如《草草不工》《不过尔尔》《附庸风雅》等，也有自勉的意思。

《花开花落》这本书的书名有点忧郁，那是看到家父去世时，他的儿孙满堂有感而发。

　　大哥晚年爱看我的书，时常问我什么时候有新的。我拿了新的一本要送给他时，他已躺在病榻上。踌躇多时，还是决定不交到他手上。

　　暂居在这世上短短数十年，凡事不应太过执着。

　　家父教导的守时、重友情、做事负责任，由成长到老去，都是我一心一意、牢牢地抓住的，但也不是都做得到，实行起来很辛苦。最重要的，还是要放弃自我中心。

　　艺术家可以疏狂，但疏狂总损伤到他人，这是我尽量不想做的事。

　　心中是那么羡慕！"疏狂"二字，多美！

折磨

大家都在喊:"欧元那么高,到巴黎什么也买不到手。"

"日元升值,现在去了东京,什么都觉得贵。"又有人那么说。

东南亚的游客也说:"香港虽然便宜了一点,但东西比起我们的一点都不便宜。"

这是一个相对的问题,我们住惯了香港,一切都是理所当然的。其实,香港是全球物价最高的都市之一,我们自己不觉得罢了。

我一生好运气,住什么地方,什么地方的东西都贵。一到外国,钱花得轻松,像我在日本吃鱼生,就一直笑。

名牌东西,日本较贵,这是一般的理论。但是近年税减轻了,价钱已和香港所差无几。有的办货人眼光较高,进的货花样多、有品位,就算贵了些,还是值得去买的。

一向主张,可以花多少就花多少,这一笔钱是辛苦赚来,用个百分之十不算过分,不用了反而没有赚钱的动力。以这百分之十当预算,别一一计较,花光了没什么。每一次用钱心痛一次,干什么?从大数目着想,换成外币之后,把计算器丢掉就是。

你不是这种个性?那也不要紧,欧洲、日本都不要去,到柬埔寨和缅甸吧!那边一美金换几千当地货币,你一抵步即刻成为百万富翁,花个痛快!

当今钱用得最舒服的有泰国、马来西亚和印度尼西亚,一切物有所值,街边吃碟面也不过十多块港币,味道好得很。

你也不舍得?

躲在家里数钞票吧,各有所好,不勉强。

我不会自认清高,认为钱是罪恶的。身边留几个是必要的,其他的花掉。

钱,是我的奴隶。

折磨,折磨,好过瘾。

不能共存的女人

在香港这么多年,屋子也没安置一间。友人大为叹息:"早知现在涨到一千四百万,应该在三百多万的时候买下来。"

粤人有句话:"有早知,没乞儿!"

对于这些马后炮,我深深地厌恶,恨不得叫这种家伙早点去死。

还有,一喝酒便把老话重复又重复的人,我也深深地厌恶,恨不得叫这种人早点去死!

更糟糕的是,有些清醒的人,也患这种毛病。如果他们问我地址,我会回答:"告诉了你,我又得搬家!"

年纪一大,自己也免不了回放一些故事。我常自我提醒,如果遇到不能肯定的问话,会先说道:"我有没有告诉过你,我曾经……"

要是对方点头,我即刻转换话题。如果忍着不说,表示愿意再听一次,那不妨再复述,反正每一个相同的故事,在不同的地点和时刻,都有相异的版本。有些是百听不厌的。

"结婚时他是那么英俊潇洒,想不到现在长成这个样子!"肥胖的中年女人向我投诉。

我看着她,心里直骂。

"早知道,在一万点的时候,就把全部股票卖掉!"某某富豪说。

我瞪着他,大叫:"笨蛋!笨蛋!"

他听了低头同意:"是笨蛋!是笨蛋!"

最无聊的还有"想当年人"。"想当年,我什么没有拥有过?劳力士、奔驰汽车、东方舞厅红牌。"喋喋不休地说个没完。"想当年人"永不停止地出现在我眼前,他们讲完一轮后会转头看看背后有什么东西,怎么那么值得我注意?墙壁罢了,当他们是透明的。

有些在大机构做过经理人或公关的,拿了鸡毛当令箭,专门刁难有事相求的来者,恶劣到极点。但很奇怪地被炒鱿鱼之后,还有另外一家公司来请。真是愚蠢到可怜,为什么会雇用一个得罪全天下的人来得罪全天下?

已经学会看面相,凡是长得白白净净、戴金丝卡地亚眼镜、皱着眉毛阴笑的男人,没有一个是好的。别以为电影中才出现这种反派,看看八卦周刊,常有这种人被访问。避之避之,切记切记。

讲话时以"嘎嘎""Huh、Huh"声来加重语气的,绝对是抓到一点点权力,即刻要使尽的人。曾经见过一个在机场负责寄放行李的,对急着来提皮箱的旅客,就是那么"嘎嘎""Huh、Huh"地教训。

更可耻的是,对洋人以英语演讲时,笑得两边酒窝深入,牙如麻雀牌的;对中国人发表意见,便板着脸的女人,电视常见。

有些人心地不坏,但很啰唆,看到人家吸烟,花一两个小时去劝人戒掉,纠缠不清。

我在吞云吐雾时,如果这种人在我旁边坐下,我马上就以青白眼视之。他们被我盯得心中发毛,连忙解释:"不,不,我反对的,是儿童吸烟!"

遇到一定要坚持自己的理论,拼命想说服对方的,我会懒洋洋道:"所有辩论是多余的,你要说服我等于你要用你的思想来强奸我。一种米养百种人,这个世界才好玩。都是豁达的人,或者全是蠢材,那多没趣!"

天下最恐怖的人,是在你背后插刀,在你面前又一直拍马屁的。就算当面骂他们,他们还瞪大了眼,假装不懂你说些什么。

假聪明、笨蛋老女人,也讨厌到极点。你说什么,她们一定插嘴,而且一定要赢过你:

"今天天气不错。"

"呀!夏威夷的天气更美好!"

"我昨天遇到叶锡恩。"

"呀!她下午才和我喝茶!"

"我到陆羽吃点心。"

"呀！阿一鲍鱼才好吃！"

"我们晚上到幸德信家中看画吧。"

"呀！我们家里不知道有多少幅毕加索！"

到最后，大明星玛丽莲·梦露也和她握过手，音乐家巴赫是她老祖宗的亲戚！什么大话都胡诌得出。

"呀！你是写文章的吗？我来教你！"

"呀！你是拍电影的吗？镜头应该这么摆才对！"

她们比任何专家还要专家，做出一个你什么都不懂的表情，然后翘起一边嘴唇。怎么忍受？怎么忍受？

人生已到一刻都不能浪费的地步，能享受一秒钟是一秒钟，遇到上述讨厌之人，只有借用板桥郑老的一句话："……年老神倦，亦不能陪诸君子作无益语言也……任渠话旧论交接，只当秋风过耳边！"

闷蛋都市

有时，在报纸上看到选什么什么是天下第一，不可相信。

首先，要看是什么机构办的。像今天看到的世界最宜居都市排行榜，是一家所谓国际著名人力资源顾问公司"美世"（Mercer）的报告。

且听他们怎么说吧：奥地利首都维也纳全世界最宜居。

维也纳？除非你是贝多芬上身，怎么能称得上最宜居？第一，东西贵得要死。第二，整个都市小得可怜，购物也只是那一两条街。第三，除了法兰克福香肠（也就是我们说的维也纳香肠，两地是互名称之），没有美食。最致命的，还是闷、闷、闷。

这都市两三天就能被你跑完，剩下的所谓美景，都是美得太完美、太不自然、太循规蹈矩了。像以它为背景的《音乐之声》一样，看完没有缺点，但只觉得闷出病来。只要逼我看这部电影三次，我什么秘密都说出来。

第二名是瑞士的苏黎世。我们都知道那边叫一碟扬州炒饭要三五百块港币，如果选天下第一难吃，那么此饭当之无愧。

第三又是瑞士，这回是日内瓦。要是你一生想生活在童话世界，毫无疑问是美好的。其他的，正如奥逊·威尔斯在《第三人》中的对白："瑞士有什么？除了他们的咕咕钟。"

第四是加拿大的温哥华。环境优美、宁静淳朴，居住置业理想之地，他们这么说。好了，我想请问："为什么那么多移民过去的人，都回流了？"

第五更可怕，是新西兰的奥克兰。虽说人口和游艇的比例是全球最高，不过，那么喜欢乘船的话，还不如住大海去。

第六是德国的杜塞尔多夫；第七又是德国，法兰克福；第八，再次是德国，慕尼黑；第九，瑞士的伯尔尼；第十，澳大利亚的悉尼。

你会发现这些地方有一个共同点，不是闷是什么？当然，是闷蛋、笨蛋选出来的，切莫信之。

换

在餐厅吃东西时,最不喜欢侍者不停地为我换碟。过分殷勤,是一种精神上的负担。

通常一套餐具,有筷子、汤匙、小碗和一个碟子。频频换碟,就是不换其他的。怎么换,还是有用过的感觉,餐厅从来不肯一次性地拿整套新的餐具给你。

菜由阿婶拿过来,不准上桌,一直等到女侍应有空才过来把菜从阿婶手上移转到客人面前,这才叫高级。

高级?多此一举才是真的!走遍天下,再没看过比这种浪费人力的现象。

真正高级的餐厅,侍者有你想要他他才出现的训练,绝不干扰客人。我吃东西时最怕有个和饭局不相关的人站在旁边。就算他不出声,我也觉得很烦。有的还发表意见,当自己是一分子,真恐怖。

我们在外国旅行惯的人,餐厅哪有一家是站满侍者的?等他们来叫东西等得脖子都长了,更感到香港餐厅所作所为是多余的。如果要减省开支，第一件要做的事是炒掉几个。

昨天去了一家，侍者又要来换碟子，我说："我吃东西就爱这种脏相，别换了。"

"反正我有空。"他回答后照换不误。

忍了下来。再次来换，我开始有点不耐烦："说别换就别换嘛。"

"部长要骂的！"他语气带威胁。

"我跟你们部长很熟，他不会介意。"我不让步。

"不换碟，换个碗吧！"他坚持。

最后，我只有笑着说："我跟你们老板更熟，把你换掉如何？"

这厮才一溜烟失踪了。当然我是开玩笑的，要是他不肯走，我也无可奈何。

走眼

每次搬家,都后悔此生购物太多,不知如何抛弃。

但是有些赏心悦目的,曾带来的欢乐无限。像眼前的这个烟灰盅,白底蓝花,而蓝色的变化无穷,做工又很细,虽然出自匠人的手艺,但不逊于艺术家作品,从土耳其买回来的。

到底花了多少钱已经忘记。贵是贵了一点,因为购入时犹豫了一下下。如果在那一刹那没有下手,就得不到如今的快乐。所以购物,非心狠手辣不可。

看到了即刻动手,要不然,回头给人家买去。或者向自己说:"等一下才来买。"往往会发现等一下,已没有了时间回头,这个"等一下",是欢乐的杀手。

东西是否有价值,这不是最重要的问题。没有价值的东西,才是最好玩的。

"总得有一个标准来衡量呀!"有人说,"你教我一个购物的标准好不好?"

勉强的答案是这样的:以一天的报酬计算。

这张地毯要花一个月的工夫去织，如果你觉得很喜欢，那么花四千块去买就差不多。因为在香港一个人的最低月薪有四千块，这已经是够本，万一它有历史或艺术家的附加值，那是额外的收获。

"人家那边的平均薪水最多是两千块！"友人指出。

是两千或三千，你一计算，已经迷惑，就下不了手买了。以香港报酬作为标准，至少是人权尊重。

但是也买了不少废物，有些东西在当地当时看来有趣，冲昏了头脑买下回家一摆，就知道是丑陋的，那么就快点送人或丢掉。

也不必为了花那么多钱而可惜，看走眼的例子总是有的。人生最大的走眼，大不过身边的先生，或太太。

笑话集

过几天又要搬家了。第一件事,当然又弃书,每搬一次,总得丢掉四十个纸箱。

这次不能一本本扔了,这么淘汰只是少量,得一批批分开扔掉,才能达到目的。

可以丢的是笑话书。

这些年来买的外国笑话书占满书架,将这一部分删除,就轻松得多。

我没有把旧书卖掉的习惯,送人最佳,但也没那么多人想要。上次把电影书送给电影图书馆,这次的笑话,可以送给李力持。此君在专栏中一直讲笑话,可让他参考。

"我本来要买一本你的《荤笑话老头》,但看到书店中还在卖,要是抄了,不好意思。"李力持说。

一点关系也没有,照抄可也,我的笑话,也多数是抄来的。

抄呀抄,抄惯了,便会自创。

天下笑话，总括起来也不出那一两百个。讲的方式不同，演绎各趣，就那么变化起来而已。笑话书看多了，什么故事都听过，认为是新的，不过是从前说过后忘记罢了。

　　上千本的笑话集中，我只采用一小部分，发表后编成三四本，算是对得起原作者，其实原作者也不是原作者。

　　文章一大抄的例子，没有什么比得过抄笑话那么明显的了，除了一些以方言来惹笑的，来来去去只有那几个。

　　归起类来，是天堂的笑话，三个愿望的笑话，医生和律师的笑话，三个不同国家的人的笑话，等等。

　　最好笑的笑话，莫过于笑自己的笑话。举个例子：自从《今夜不设防》这个节目出街之后，我去珠江三角洲，从下船直到酒店的路上，所遇之人，没有一个不认识我，大家都向我打招呼，大叫："倪匡、倪匡！"

讨酒的故事

很久之前,我住过台北两年,有一天读《联合报》的副刊,有则关于酒的笑话,记忆犹新。

一个好酒之人,偏偏遇到一个孤寒的主人。当晚请客,好酒之人对着酒杯,愈看愈伤心,哭了出来。

"是怎么一回事?"主人问。

客人娓娓道来:"我想起我刚刚死去的哥哥,他有晚请客,酒杯和您府上的一样小。我哥哥着急喝,把酒杯也吞进喉,结果就那么哽死了。我睹物伤情,叫我怎能不哭?"

主人知道酒客所指,急忙换了个大杯,但舍不得斟满。

"您府上有没有锯子?"酒客问。

"要锯子干什么?"

酒客说:"杯子上半截不用,岂不累赘,为什么不把它锯去?"

主人无可奈何,只有把酒斟满。

酒客喝了一口,即刻把酒喷出。

"又怎么了？"主人问。

酒客说："我今天到游泳池游水，不懂水性，喝了很多池水，现在一碰到掺了水的酒，即刻反胃。真对不起。"

主人气极，好歹等客人吃完饭，忙送这个讨厌的客人出去。

酒客伸长了颈，向主人说："请您打我几个耳光！我出门时告诉我老婆说您请喝酒，如果面不红，她以为我去找女朋友。"

主人怕他到处说坏话，只有拉他回去相对酌饮残酒吃剩肴再送出门。酒客转头问说："刚才我来的时候看到您门口有对石狮子，现在为什么不见了？"

主人愕然："我家门口本来就没有石狮子，你看错了。"

酒客懒洋洋地："我真糊涂，一定是进您家门之前已经喝醉。"

换父母

杂志编辑来电:"我们要改版,你是否可以改变作风?"

我战战兢兢地回答:"要是读者看厌了,不如停一停吧。"

"我不是说读者不爱看,我是说一种方式维持太久,就不新鲜。"编辑辩论。

"那么你有什么建议呢?"

"可以说个故事,讲个笑话呀!"

我抓抓头皮:"我写的,就是这些东西呀。你看不出吗?那真的要停一下了。"

"没有人叫你停!"编辑大叫。

"那请你具体一点,说出缺点来。"

"没有人说你的东西有缺点,只是……只是,总之更换新方式,新作风!"

"我的作风,辛辛苦苦,花了几十年才建立起来的呀。"我说,"这一把年纪了,要重新建立,恐怕来不及了吧?"

"换一个方式来讲,"编辑说,"比方一个老婆天天做一种菜，总会吃厌的。"

"说得真是有道理。"我明白了，"你是叫我换老婆吗？"

"没有人叫你换老婆，比方罢了！"编辑又大叫，"总可以多交几个女朋友！"

"好极了。"我说，"你介绍些来！"

"去哪儿找来介绍给你？"

我懒洋洋地："我说的，也只是比方罢了。你想得出怎么变，我就变给你。"

编辑哑口无言。我继续说："作者和读者之间的关系，时间一久，会成为亲人。也许会觉得单调，但已有了血缘关系，不是夫妻那么简单，是父母了。你要换掉你的老父老母？"

"换个话题吧。"他最后说。

"正好。不如谈谈稿费，已有好几年没加一毛钱。"我说。

对方挂掉电话。

中文输入法

问：最近做些什么？

答：学东西呀。我二十岁开始，答应过自己，每天要学一些新事物，看书也算在里面。

问：现在学的是？

答：中文输入法。

问：（带点轻蔑）我们已经老早学会，你怎么到现在才开始？之前一直是手写的吗？

答：嗯，我们不是生长在电脑年代的人，手写是必然的事，所以也练得一手好字，比你的漂亮。

问：（有点尴尬）什么输入法？仓颉？

答：所有的输入法都学过一阵子，只有仓颉还没有碰过，它最难，留在最后学吧。

问：其他的呢？罗马字拼音法学过没有？

答：我是一个乡下人，发音不准，当今已没有希望说一口标准的国语。而且和英文发音不同，像那个"he"我们习惯说成英文的"他",但是当我们发现"he"应该读为"河"时,我就放弃了。

问:笔法顺呢?手提电话用的通常是这一种。

答:太原始,太慢了。有些字的笔法根本分辨不出来。像"有"字,先写"一"或先写"撇"?像"女"字,先写"弯",或先写"一"呢?最后,我还是学"纵横输入法"。

问:什么叫"纵横输入法"?是谁发明的?

答:是一位叫周忠继的老先生发明的,已有七十几八十岁了,他学得会,我没有理由学不会。基本上,它是由"四角号码"延伸出来。字是四方形的,看准了它的四个角,用阿拉伯数字来代表,每个字都很容易认出。

问:"四角号码"又是谁发明的呢?

答:王云五先生,商务印书馆的创办人,来头可大了,编的字典现在还在运用。他花了一年半的时间来归类,制定这个方法,后来打中文电报时也派上了用场。不过最初的构思是高梦旦先生想出来,王云五也没有忘记他的功劳,写序时先感谢他。

问:"四角号码"真的那么好用?

答:一九二七年发明时,文人惊为天人,蔡元培和胡适都写过文章赞扬这个方法。

问:哦,那么好用。但是为什么现在没人用?

答:要念一些口诀才能用到。胡适先生说过,阻力来自两个魔鬼:一个是守旧,一个是懒惰。守旧鬼说:"仍旧贯,如之何？何必改作？"懒惰鬼说："这个方法很好，可惜学起来有点麻烦；谁耐烦费几分钟去学它呢？"这个懒惰鬼最可怕，他是守旧鬼的爸爸妈妈，一切守旧鬼都是他的子孙，先学会了，方才有批评的资格。

问：那你是怎么学纵横法的？

答：出版商印了一张卡片，写着口诀。口诀为：一横二竖三点捺，叉四插五方块六，七角八八九是小，撇与左勾都是零。

问：那么难，怎么记？

答：的确不容易。但是我把卡片放在口袋里，一有空就拿出来背，一天背一行，四天后记得一半，得再花四天完成，加多四天重温。

问：背完口诀后怎么使用它？

答：要使用还差一大截呢。它有一本字典，列出几大个取码规则，得把规则读熟，才能用上。

问：有什么捷径？

答：一切基本功都没有捷径。我本来睡觉之前一定要看一轮小说，只好牺牲了，利用这段时间来说号码。几个月下来，愈读愈兴奋，因为认的字愈来愈多，而且一通百通，真过瘾。

问：举个例子来听听。

答：纵横法比"四角号码"先进，依字形，有时也不必四个号码，两个也行。像我的姓氏那个"蔡"字，上面的"草"，用4来代表，下面的"小"用9来代表，按4、9，蔡字就跑出来了。

问：就那么简单？

答：原理总是简单的，实用起来，就有例外，一例外，又得死记。

问：那有什么乐趣？

答：乐趣在于熟练原理，便能推算。当年王云五把原理告诉了胡适之后，两人坐着马车，一看到街上的招牌和路名，即刻你用一个号码我用一个号码来推测，猜对了，两人哈哈大笑！你也学会的话，我们就可以一起来玩这个游戏。

问：那么九方输入法呢？

答：也由"四角号码"演变出来，把字形变成符号来代替数字。

问：但是"四角号码"是死东西！有什么用？

答：我学的篆刻，大篆小篆，甲骨文金文，都是死东西。死东西是古人做过的学问。可以欣赏，就有用了。

问：我还是认为学来干什么？那么麻烦！

答：你忘记了刚才提到胡适先生说的话吗？先学会了，方有批评的资格。

外面下雪

外面下雪。

从落地玻璃窗望出去，庭院中的松树像一把把的大雨伞，但只见伞骨。原来，立了一根高柱，从上面挂下一条条绳子，绑着树枝，预防积雪把它们压断。

又看到一朵朵的红花，那是一种叫寒山茶的植物，专在雪中怒放。屋檐下悬着冰柱，那么尖锐。

忽然，感到一阵寒意，披衣泡温泉去。

回房间后，对着空白的稿纸，一个字也写不出，又呆呆地望着窗外。

有一片脚印，是野兔留下的，或者是小狐狸？在那么恶劣的环境中还能生存，为什么人类的意志比它们薄弱？

寒山茶的花瓣被风吹散，落在雪地上有如鲜血斑斑，未开的花苞又长了出来。

想起父亲，生我时比我现在年轻。一代又一代，花开花落，回忆兄长的笑容，为什么当年我只会愤怒？

坐在榻榻米上，小桌子上铺一张被，盖住伸进去的脚。桌下有个火炉，温暖下半身，令人昏昏欲睡。

梦见丁雄泉先生的病已痊愈，拉我去天香楼，叫了一桌子的菜，还有醉人的花雕。

背脊还是有点冷，起身，再次泡温泉。回房，又见那空白的稿纸。

有什么好过从家中带来的普洱？沏了一杯浓如墨汁的，肚子里没有嘛。

天渐黑，吃过饭后，床已铺好，就那么睡吧，黎明起身再写稿。去年农历新年也一样地过，像是昨天的事。今晚睡醒，又是明年除夕。

别绑死自己

又是新的一年,大家都在制订今年的愿望,我从不跟着别人做这等事,愿望随时立,随时遵行便是。今年的,应该是尽量别绑死自己。

常有交易对手相约见面,一说就是几个月后,我一听全身发毛,一答应,那就表示这段时间完全被人绑住,不能动弹。那是多么痛苦的一件事。

可以改期呀,有人说,但是我不喜欢这么做,答应过就得遵守,不然不答应。改期是噩梦,改过一次,以后一定一改再改,变成一个不遵守诺言的人。

那么怎么办才好?最好就是不约了,想见对方,临时决定好了。"喂,明晚有空吃饭吗?"不行?那么再约,总之不要被时间束缚,不要被约会钉死。

人家有事忙,可不与你玩这等游戏,许多人都想事前约好再来,尤其是日本人,一约都是早几个月。"请问你六月一日在香港吗?是否可以一见?"

对方问得轻松，我一想，那是半年后呀，我怎么知道这六个月之间会发生什么事？心里这么想，但总是客气地回答："可不可以等时间近一点再说呢？"

但这也不妥，你没事，别人有，不事前安排不行呀！我这种回答，对方听了一定不满意的，所以只有改一个方式了："哎呀！六月份吗？已经答应人家了，让我努力一下，看看改不改得了期。"

这么一说，对方就觉得你很够朋友，再问道："那么什么时候才知道呢？"

"五月份行不行？"

"好吧，五月再问你。"对方给了我喘气的空间。

说到这里，你一定会认为我这人怎么那么奸诈、那么虚伪。但这是迫不得已的，我不想被绑住。如果在那段时间内，我有更值得做的事，我真的不想赴约。

"你有什么了不起？别人要预定一个时间见面，六个月前通知你，难道还不够吗？"对方骂道，"你真的是那么忙吗？香港人都是那么忙呀？"

对的，香港人真的忙，他们忙着把时间储蓄起来，留给他们的朋友。

真正想见的人，随时通知，我都在的，我都不忙的。但是一些无聊的、可有可无的约会，到了我这个年龄阶段，我是不肯绑死我自己的。

当今，我只想有多一点的时间学习，多一点的时间充实自己，吸收所有新科技，练习之前没有时间练习的草书和绘画。依着古人的足迹，把日子过得舒闲一点。

我还要留时间去旅行呢。去哪里？大多数想去的不是已经去过了吗？不，不，世界之大，去不完的。但是当今最想去的，是从前住过的一些城市，见见昔时的友人，回味一些当年吃过的菜。

没去过的，像爬喜马拉雅山，像到北极探险，等等，这些机会我已经在年轻时错过，当今也只好认了，不想去了。所有没有好吃东西的地方，也都不想去了。

后悔吗？后悔又有什么用？非洲那么多的国家，刚果、安哥拉、纳米比亚、莫桑比克、索马里、乌干达、卢旺达、冈比亚、尼日利亚、喀麦隆，等等等等，数之不清，不去不后悔吗？已经没有时间后悔了。放弃了，算了。

好友俞志刚问道："你的新年大计，是否会考虑开'蔡澜零食精品连锁店'？你有现成的合作伙伴和朝气蓬勃的团队，真的值得一试……"

是的，要做的事真的太多了。我现在处于被动状态，别人有了兴趣，问我干不干，我才会去计划一番，不然我不会主动地去找事来把自己忙死。

做生意，赚多一点钱是好玩的，但是，一不小心就会被玩，一被玩，就不好玩了。

我回答志刚兄道："有很多大计，首先要做的，是不把自己绑死的事。如果决定下一步棋，也要轻松地去做，不要太花脑筋地去做。一答应就全心投入，就会尽力，像目前做的点心店和越南粉店，都是百分之百投入的。"

志刚兄回信："说得好，应该是这种态度。但世上有不少人，不论穷富，一定要把自己绑死为止。"

不绑死自己，并不是一件容易的事。我花光了毕生的精力，从年轻到现在，一直往这方向走着，中间遇到不少人生的导师。像那个意大利司机，他向我说："现在烦恼干什么，明天的事，明天再去烦吧！"

还有在海边钓小鱼的老嬉皮士，我向他说："老头儿，那边鱼大，为什么在这边钓？"

他回答道："先生，我钓的是早餐。"

更有我的父亲，他向我说："对老人家孝顺，对年轻人爱护，守时间，守诺言，重友情。"

这些都是改变我思想极大的教导，学到了，才知道什么叫放松，什么叫不要绑死自己。

餐厅监制

算命先生说我有劳碌命，果然不错。今年，我又想创一门新兴事业，叫餐厅监制。

电影监制，什么都要管，除了资金不是自己出之外。餐厅监制也是一样的。

一向有自知之明，本人财产不善管理，投资者的钱则守得牢牢的。做餐厅监制，尝试帮食肆赚更多钱，自己也有应得的小报酬。

不熟不做，除了拍电影，我知道最多的是关于吃的，尤其是日本菜。

友人说："真想吃到正宗日本菜，你来主理吧。"

因此，我接受挑战。

并非从头开始，是将现有的一家开在尖沙咀五星酒店内的店铺的水平提升。它有一个极美丽的海景，坐在寿司柜台，维多利亚港口就在眼前。本来食物和服务都很好，生意也不错，股东希望更上一层楼，我想我可以为他们达到这个目的。

餐厅监制,像一个乡下的小学校长,从修改学生功课到倒垃圾,什么都要做。请哪一位师傅?买什么品种的鱼虾?洗手间要清理多少次?都得仔细看管。减少不必要的开支,增加食物的质量,是最重要的环节。

我在富士电视台的《料理的铁人》节目中当过评判,因此结识许多饮食界的高手,他们都很乐意帮我这个忙,推荐大师傅,是无问题的。

货源挑选最新鲜当季的,我吃遍日本的山珍海味,也知道怎么进一些难得的食材,像日本三大珍味的Bachiko(干海鼠子),是用鱼的卵巢一丝丝晒干组成,再烘烤来吃,都能一一供应。

天天由日本各县的鱼市场空运来香港,也比其他餐厅一星期进货一两次更为新鲜。

"你说得那么有把握,为什么不自己去开?"小朋友问。这也没错。但是我是一个带兵打仗的将领,不是皇帝。命中注定,改不了。

食品监制

除了餐厅监制，我还想做食堂监制。

国外已有这种职业，将公司食堂的食物从乏味的弄成好吃的。

很多公司都不注重这一点，以为大家有个地方吃饭就是，他们没有想到吃得好，就做得开心这一回事。

有些国家，请的食堂监制，会看价钱去挑选菜单，不超出本来预算，将食物弄得让人垂涎。这些专家还注重吃的环境，清洁不在话下，墙壁漆成什么颜色？挂些什么画？除厨房之外，请些什么大排档来增加氛围？都是工作的一部分。

大公司的餐厅一有水平，食物出了名，许多人都想去吃，除公司职员之外，还可以邀请外客光顾。上这种地方吃饭，是一件光荣的事。

但是，目前香港的工厂很多都搬到内地，拥有数百名员工的企业也愈来愈少，有的话也不会自己去弄家食堂。叫员工去外头吃吃算了，空间留当货仓。

所以这种职业在香港做不了，不少内地的大公司也还没有想到，只有等时机成熟才去做。

食品监制倒是可以想想的，大江南北的食物我一有机会就去吃，试过不少有水平，又有很大潜力的小食，将它们重新包装，改善处理，可以做成各种畅销的产品。

"你把主意都告诉人家，不怕人家抄袭，捷足先登？"小朋友问。

主意不值钱，戏法人人会变。实行才是重要的，想想就算了，一点用处也没有。

餐厅监制这个主意酝酿已久，现在已和对方签下合同，可以着手去做了，当然不能马上有什么大的变化，但是脚踏实地，一步步来，总有把握将营业额提高。

想做的事，不能只想一件。弄个七八单，这件做不成做下一件，这才好玩。

微博十年

在二〇一九年四月十一日那天，微博开了一个简单又庄严的发布会，给了我一个奖状：十年影响力人物。

拿在手上，才知道不知不觉玩微博已经十年。什么是微博？在这里不厌其烦地重复一下，微博是一个社交平台，功能和外国的社交软件一样，注册之后，你就可以在计算机、平板电脑和手机上观看和发表意见。今后，任何人都不能投诉"我没有地盘"了。

微博是一种十分好玩的新游戏，但每一种游戏都有规则，我一加入，即刻声明："只谈风花雪月，不谈政治。"

游戏中有一种叫"粉丝"的人，那就是你的读者或者网友了。和老一辈的征友专栏一样，先简单地介绍一下自己，如兴趣何在，等等，笔友就会来找你。当今科技厉害，一封信能传达给成千上万的人，有些还不止，这要看你的内容引不引得起别人的兴趣。

一切都是从零开始的，我的长处是可以从以前写过的稿件中抽出一些来发表，这帮助我接触到更多的网友。而我的特点在于讲吃喝玩乐，已经能引起众多网友的共鸣。

像我一早就说吃三文鱼刺身会生虫，吃猪油对身体有益，等等，都引起一阵阵反应，后来也被医学界证实是对的。

旅行也给我带来充分的资料和图片来发表内容。我从前每天都写专栏，在报纸和杂志上发表，当今转换了一个形式，在计算机上写作罢了。

我认为每决定做一件事，成功与否是其次，首先要全力以赴，再来就是要做得细微。用这种精神，我勤快地发微博，直到截稿的今天，翻查记录，我已经发了十万零四千二百八十九条，每条以十个字来计，也有一百多万字了。

中间得到众多网友的支持和鼓励，才能做到。玩微博的人，那些明星歌星，是由公司职员代答，我很珍惜每位网友的意见，虽然不能全部回答，但也尽量做到。因为我曾经写过很多稿件，所以有那种能力来应付，只要问题是有趣的，我答应自己，一定亲自回复。每一条微博，都是我自己手写的。所谓手写，是我不懂得拼音输入法，都是在平板电脑上手写，按到繁体字就以繁体字回答，简体亦然。我认为我的网友，最低标准，是可以读繁体字的。

粉丝的数目不断增加，百个、千个、万个到百万个，至今已有一千零四十六万五千九百三十位了，我常开玩笑地说，比香港人口还多。这是一个骄人的数字，我不脸红地自豪。

当上台领奖时，司仪要求我说几句，回答一个问题："你最近觉得最有趣的提问是什么？"

我说："有个网友问我吃狗肉吗，我回答道：'什么？你叫我吃史努比？'"

接着我说，至今为止，最有意义的事是在老朋友曾希邦先生最后那几年叫他注册了微博。曾希邦先生个性孤僻，一肚子不合时宜的想法，朋友虽然不多，但个个都佩服他。他中英文贯通，翻译工作做得一流，又很严谨。在他的晚年，老友一个个去世，有鉴于此，我鼓励他加入了微博，他想不到有那么多网友都是被他做学问的态度感染的。曾先生的晚年，因为有了微博而不寂寞。

这是真实的例子，也是我爱微博的理由。我希望年轻人多上微博，在那里，他们可以找到志同道合的朋友，这些朋友都是没有利害关系的，非常纯真。

至于我的微博网友是什么样的人呢，可以说都是喜欢吃的。这一点也不坏，喜欢吃的人多数是好人，因为他们没有时间动坏脑筋。

这一群忠实的网友，差不多都见过面，因为他们已知道我的生日，会集中在一起为我祝贺。他们由全国各地聚集在北京、上海、广州等地，我也开饮食大会，请大家吃吃喝喝，真是开心。可惜近年来我更喜欢安静，这些活动也甚少参加了。不过，有时他们听到我的消息，像要出席一些推销新书的活动，他们都会前来替我安排次序。做了几次，都已经是熟手了，有条不紊。

年纪一大，就不喜欢没礼貌的网友，像有些一上来就问候我亲娘的。我就想出一个办法来阻止，友人都说这个阻止不了，但我不信邪，又想出由我的长年网友来阻止的办法。有问题不能亲自到我这里问，要经过这群老友的筛选，这就可以完全阻绝无礼之徒。

这种方法虽然有效，但会引起不满的情绪，我就一年一度在农历新年前后的一个月完全开放微博，我已做好心理准备，有污言秽语也就忍了。这一个月之中，众多问题杀到面前，我一一回复。很奇怪，竟然已经没有不礼貌的。谢天谢地，谢谢我所有的网友，让我度过美好的新年。

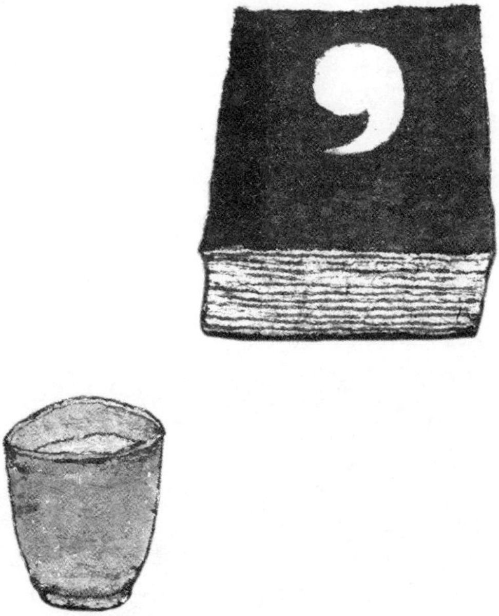

第五章

一天有读者,一天活。

书籍与电影

《舒尔茨和花生》

《花生漫画》陪我们长大,作者查尔斯·舒尔茨(Charles M. Schulz)每天创作,一生画了一万七千八百九十七则漫画,直到二〇〇〇年他七十七岁逝世。作品后来重新刊登,影响到下一代。当全部刊完,也许又来一次,《花生漫画》是没有时间性的,是永久的。

读者们当然想知道多一点关于舒尔茨的生平,所以就有一本叫《舒尔茨和花生》的传记书面世,作者为大卫·米高力斯(David Michaelis),由Harper Collins(哈珀柯林斯出版集团)出版。

当然,你我都知道,从前的传记,都在赞扬要写的名人;自传更会隐瞒事实,只说作者自己愿意听的话。但当今传记中的人物一死,作者就没那么客气了。有些虽说已取得遗属的同意,但一写出来,总要找些毛病,觉得非如此,这个人不像是一个人,像神多一点,所以书中没有坏话,就不成书了。

这本舒尔茨的传记也不例外,他家人看了都骂传记给读者留下一个错误的印象：舒尔茨并不是那么一个人，并非书中形容的那么沮丧、冷漠和苦涩，而且不停地追求身边的女人。舒尔茨的儿子蒙地·舒尔茨公开指责："这不是事实，气死人也。"

"我想他要写一本他心目中的书，所以利用了我们。"舒尔茨的女儿艾美也把作者骂个狗血淋头。

作者反驳："每一个家庭的儿女都把父亲当作英雄人物，不允许他有任何缺点，我访问过几百个认识舒尔茨的人，才得到这个结论。"

谁对谁错且别去管它，但是如果舒尔茨没有受过查理·布朗的挫折，怎么会画出那么感人的剧情？我们的一生中都遭遇过这种失败感，对某些事总是笨手笨脚，查理的永远飞不起的风筝和屡次踢足球总受骗的经历，只是代表性的例子。

舒尔茨在《六十分钟时事杂志》节目中也亲自说过："我一直有世界末日的感受，我一起身就觉得有出席葬礼的气氛。"

悲观的个性也许占了舒尔茨的人生大部分，但他又有双重的人格，乐观部分由史努比来表现，它的口头禅是："一百年后又有什么分别？"史努比调皮捣蛋，扮律师、扮医生、扮第一次世界大战的飞行战斗士，充满幻想。

如果说查理失败了，舒尔茨就个性阴暗的话，那么这只疯癫的狗又会令他变成一个怎么样的人物？自大狂吗？舒尔茨出身微贱，父亲和主角一样，是个理发匠，这就会使他变得沮丧吗？舒尔茨已经名利双收，史努比的狗屋地下室有桌球室，舒尔茨的财富令他拥有私家溜冰场，怎会沮丧？

像成功人士，诉诉苦，谈谈贫穷时的挣扎，广东人说成"晒命"，总是有的。舒尔茨在电视访问中说自己有世界末日的感觉，就是这么一回事。

至于唠唠叨叨，凡事埋怨一番，而且具有侵略个性，发挥在露西身上的，可能是舒尔茨黑暗的一面，也许是他身边的人，像他第一任太太之类的也说不定。

怎么说也好，舒尔茨的确是一个与众不同的人，我们欣赏他带给我们的欢乐，已经够了。像后来的一些专说名人坏话的传记，不看也罢。我们在漫画中得到了欢笑，已经是最大的享受。

但对一个花生迷来说，舒尔茨是怎么样的一个人物，他们还是有兴趣的。这一点传记的作者提供了很多的资料，而且图文并茂地说明。讲到舒尔茨的观点，即利用他画过的漫画来印证，像谈到舒尔茨被迫放弃了一个多年的情妇时，漫画出现了查理，问史努比说："如果你最爱的狗女友离开了你，而你又知道永远碰不到她了，你会怎么办？"埋头在狗餐碟的史努比回答："回家吃东西呀！"

还有，读者最感兴趣的是那个红发女孩，到底是怎么样的一个人？她的真名叫唐娜·约翰逊·沃尔德（Donna Johnson World），在舒尔茨就读的美术学校当会计，本来已经有个男友了，但也和舒尔茨拍拖。舒尔茨后来告诉朋友说，多娜离开他，是因为她的母亲不喜欢他。事实上，多娜要的是一段平静的婚姻，嫁给一个未成功的漫画家并非她的选择。她后来和一个机械工程师结婚，丈夫最大的野心是想当消防员。

舒尔茨最成功之处，就是把这些得不到的爱化作创作的力量，名作家 Umberto Eco（翁贝托·艾柯）说："这些小孩子们的对白，像一首诗。他们的问题和痛苦，都是大人共有的。"

美国总统里根承认是个花生迷，阿波罗探险的宇宙飞船指令舱和降陆器分别叫作查理和史努比。神职人员不停地在弥撒里引用舒尔茨的名句。在最高峰时，全球七十五个国家，每天有三亿读者看《花生漫画》，用二十一种语言，刊三千六百家报纸。版税不算，加上T恤、帽子等副产品，舒尔茨是美国收入最多的人之一，甚至死后，在已故名人排行榜上也占第三位。

从这个数字，我们知道舒尔茨是世界上最好的艺术家之一，你可以批评他画的只是漫画，并非艺术，但是最通俗，最平民化的作品，才是真正的艺术，你说是不是？

聊斋诗词

《蒲松龄全集》第二册中收集了数百首诗词,老人家写的很多是感叹考不上、生病等痛苦,著作不单是鬼狐。

凡·高一生也只卖过一幅画,但他有一个弟弟,可以写信向他抒情。蒲松龄借诗词记载,两个人的共同点是创作不间断。

时下的许多年轻人,愤世嫉俗,自怨自艾,只动口不动手,什么都没有留下来,又能怪谁呢?

蒲松龄在一六九二年写的《哭兄》,因家兄亦去世,读之有感。

昔日我归家,解装见兄来。今日我归家,寂寂见空斋。谓不知我至,惆怅自疑猜。或云逝不返,泪落湿黄埃。除夕话绵绵,灯昏剪为煤。可怜七情躯,一化如土灰!我今五十余,老病恒交催。视息能几时,而不从兄埋?人间有生乐,地下无死哀。死后能相聚,何必讳夜台!

有首《养猫词》，甚有趣，与其说是诗词，更像一篇小品：

　　一瓮容五斗，积此满瓮麦。儿女啼号未肯舂，留粜数百添官税。鼠夜来，鸣啾啾，翻盆倒盏，恍如聚族来谋。出手于衾，拍枕呵骂："我当刳你头！"鼠寂然伏听，似相耳语："渠无奈我何！"因复叫，争不休。猫在床头，首尾交互。鼠来驰骋，如驴駒駒。推置床下，爬梳依然弗顾。旋复跳登来，安眠如故。怒而挞之仍不悟，戛然摇尾穿窗去。

也不是每首诗词都带悲伤，蒲老描述闺中乐趣，亦甚形象：

　　长发频删，黑髭渐短。青帐里玉貌如花，红烛下秋波似剪。将檀郎数数偷睃，灵心暗转，别有弓腰猗旎，莲钩腻软。新妆近热粉香生，秃衫解小怖春暖。销魂处，秀顶微丰，略闻娇喘。

学

小朋友不懂英文，但爱看小说，我介绍了一本《一个艺妓的回忆录》。小朋友看完说："我并不感到有什么动人之处，但是一拿上手，就放不下了。"

这就是畅销小说的特点，看了不会得到什么好处，也没有特别令人思考的地方，总结来说，只有一句话："好看而已。"

走进书店，尤其是内地的图书中心，整个人傻了，千千万万的新书摆在你眼前，哪一本才好看？我们看书的目的当然是为了进修，但是枯燥乏味的理论毁灭读书乐趣。书，还是以好看为基本。

畅销小说、一部娱乐片，打打杀杀，或者爱得要生要死，看完就忘了，但是能打发寂寞，已经功德无量。

养成了阅读的习惯后，就会发现某一类的书满足不了你，可以选同样畅销，但意义较深长的《生命中不能承受之轻》，或者是《最后十四堂星期二的课》，或狄更斯、简·奥斯汀等人的经典文学。出版的当年，这些书也是被所谓的学者耻笑的畅销小说。

《达·芬奇密码》也是我介绍给很多小朋友看的书，作者Dan Brown（丹·布朗）之前还写了一本《天使与魔鬼》，出现同个主角罗伯特·兰登。

英文畅销书是一个宝藏，名作家还有专写动作的Tom Clancy（汤姆·克兰西）、写法律内幕的John Grisham（约翰·格里森姆）、写吸血僵尸的Anne Rice（安妮·赖斯）、写悬疑的Jeffrey Archer（杰弗里·阿切尔），等等，每人著作数十册。

这些作品都没全被翻译出来，台湾的出版社吃了一些甜头之后，会愈出愈多吧。阅读既然那么容易，翻译起来并非难事了，但是出版太慢，慢得急死人。

我小的时候看电影，很想知道原著对白的意思。怎么办？学英文呀！你们还年轻，从现在开始，一点也不迟。

如果不学，也只有等了。

巧合

在"天地图书"看到架子上有本叫《心井·新井》的书,就知道是新井一二三的作品。

一口气读完,看出版社的介绍,还有《东京人》《读日派》《可爱日本人》《东京的女儿》四本新书。

以为新井回到东京后做一个家庭主妇,想不到这几年来还是不断创作,看书好像遇到了老友。认识她是她住在香港的那一段日子,十几年前了吧。

日本女人能讲流利的国语或广东话的不少,但能运用中国文字写作的只有她和另外一位女士了,两人的风格不同,各有所长。

新井一二三的文章总是清新可喜,最主要的是那一份"真"。从来不把读者当成陌生人,这一点,很"假"的女写作人也做得到,不过新井好像和一个爱她的叔叔或阿姨聊天,无所不谈,很坦诚,不造作地轻描淡写她成长时期在铁路桥下面被成年男子摸过胸部。没有遮掩,也没有修饰。文字的震撼力，就是那么产生出来，不是一般的写作人做得到的。

在《东京的女儿》中，新井讲的东京各地，我都去过。而且，还有一个巧合，那就是我们曾经做过邻居，是事隔数十年的事。

新井的家族生意开在东中野车站，我就住在大久保和东中野之间的木区。后来，新井的爸爸在东中野开酒吧，我记得东中野的酒吧我也经常光顾。

现在新井已生了一个儿子和一个女儿，住的国立市是我从前女友的公寓所在。下次遇到新井，我可以和她谈起国立的那些木造的建筑是怎的一个样子，东中野的"朝日鮨"又是怎的一个印象了。

御徒町

新井一二三写的《东京的女儿》一书中,有篇文章叫《御徒步町爱情酒店》,所有的东京车站中,没有一个是叫这名字的,只有"御徒町",那个"步"字,大概是不懂日文的编辑硬加进去的。

我这次去东京,也到过御徒町,是探望我的前秘书林晓青,她和日本丈夫石川在那儿开了一家钻石店,叫Diamond Plus。

文章中提到,御徒町的爱情酒店集中地,消失矣;代之的是紫色的建筑"庆屋",从一号馆开到八九号馆,都漆上紫色。新井认为的俗气的爱情酒店,想不到变成了更俗气的百货公司。

"庆屋"专卖便宜货。所谓便宜货并不代表是二手的或者次级的。"庆屋"主人有大把现金,别人卖不掉的他们大量购进,当然压低了价钱。当今的旅行团也都知道,一车车来这里购物。

御徒町还有一个特色：韩国人爱聚集在这儿卖海鲜干货。这个传统保留到现在，通街可以看到"寅次郎"式的人物叫卖："今天就快收档，半卖半送！"

咸三文鱼、明太鱼子、鱿鱼干，等等，应有尽有。主妇们专乘电车来这儿买货，一次买一星期的菜，省下好多时间。

走过几条街，就能找到小韩国，那儿尽是韩国杂货店和餐厅，要找任何一种泡菜都有。

我最爱这一区，主要是来喝土炮 Makali。那是一种刚发酵的米酒，以前只能在韩国本土喝到，但当年韩国穷，米中混了杂粮，酿出来的呈褐色，只有在御徒町的韩国人私酿用的是纯白米。日本米又肥又大，酿后白得像牛奶，一灌入喉，甘香无比。当今在香港也能买到纸盒包装的 Makali，但绝对没有御徒町的香醇、新鲜。在我们这种年纪，找 Makali 比找爱情酒店更为恰当。

比小说更离奇

Jeffrey Archer（杰弗里·阿切尔）是英国畅销小说家。一个人一支笔，写到变成亿万富翁，再被女皇封爵，又做了保守党的副主席。这是一个成功故事，并不是小说。

但是，六十一岁的他，被判了四年刑，坐过 Belmarsh（贝尔马什）监狱，这也不是小说。

情节始于一份小报在一九八六年报道了他去召妓，并给了那妓女两千八百美元当封口费。

召妓就召妓好了，认了没事，但是他太过聪明了，说自己从来没有见过那妓女，控告小报，以一本办公室日历为证据，又有一个朋友做不在场的证人。他的妻子，更宣誓说他是个正人君子，对妓女不会有兴趣。

结果，他打赢了官司，小报要赔偿他七万美金。

本来事情已经告一段落，但他太大意，得罪了替他做证人的朋友。

这个人打电话给小报。小报报仇，十年不晚，把电话录了音，再告上法庭。

另一个致命伤是他任用的秘书。

这个女人帮他填上那本空白的日记簿时，觉得事情严重，为了保护自己，留下证据。

发生金钱纠纷后，他把秘书炒了鱿鱼，这女人当然怀恨在心。一九九九年，当小报反告他的时候，女秘书当了主要证人。

《一件完美的罪行》是他写的一本脍炙人口的小说，在现实生活中，他写了另一本，但是并不完美。

至于那个妓女，已经死掉。

在审判中，他不断地记笔记。

也许，到时他又用这题材写另外一本更畅销的小说。反正英国监牢有电视看，又可向图书馆借书，纸和笔的供应，更不成问题。

《柳北岸诗选》

回老家，厅中摆一叠书，叫《新加坡已故作家作品集》，其中有一册是家父的《柳北岸诗选》。

原名蔡文玄的爸爸，笔名很多，有蔡石门、白芷，等等。柳北岸，取自来了南洋后的望乡之情。

看书中的作者生平，有些事，家父告诉过我，也许忘记，或者他没有说过，倒向别人提及，他年轻时曾当过兵我是知道的，但没说是受了一位叫杜国庠的人的影响，参加了北伐军。

他在二十三岁时来新加坡找他的哥哥。过了一年去马来西亚。二十四岁，就当了柔佛州的一间小学的校长。

一九三二年，他回内地，在上海从事文化工作，主编《正报》文艺副刊"活地"。

三十二岁那年，受邵仁枚和邵逸夫聘请，来新加坡入职他们的邵氏兄弟公司，一做就做了数十年。

这期间，他为了公事和私事而四处旅游，跑遍了世界的名城小镇。一有感触便记下来成为诗篇。写景、怀古、写意，旅游诗成为他的特色。

家父写作很早,在读南开大学时已经开始,但是出书却是在友人的鼓励下才做的事。第一本诗集《十二城之旅》出版于六十岁,不过愈出愈勤,出国回来一本又一本,包括了《梦土》《旅心》《雪泥》《鞋底下的泥沙》,等等。最后一本,与旅游无关,是一册写人生的长诗,叫《无色的虹》。

这一系列的丛书还包括了苗秀、姚紫、赵戎、李淮琳的小说和李影的散文。苗秀是我中学的英文老师,姚紫醉后常来我们家胡扯,印象犹新。

作家和诗人,是很奇怪的生物,一天有读者,一天活。出版社为什么把他们分成"已故"?实在是件好笑的事。

剧院叟影

我们来到了捷克,到各个名胜看看,被很多本导游书忽略的,是布拉格市中心的一间歌剧院,叫 Estates Theatre(艾斯塔特斯剧院)。

外表和进口都不会给你留下什么深刻的印象,我们走进去时,一位老人迎来。

个子矮小,头半秃,腰有点弯,戴黑框眼镜。伍迪·艾伦再过二十年,就是这个样子吧!

"欢迎,欢迎,"他展开了双手,笑容中保持着一个距离,"我的名字叫巴伯,姓太长了,不说了,说了你们也记不清楚,我自己也时常忘记。"

"名字叫巴伯,我们就叫你老爸好了。"我听到他的语气带有幽默感,就不客气地说。

这一来,冰融了。老头儿笑得灿烂,要我们跟他走。

当地导游偷偷地告诉我:"巴伯是一位著名的作曲家,在这个歌剧院指挥了几十年,不肯离开,每天坚持来这里带游客四处看。"

到了歌剧院，只有用"叹为观止"四个字来形容了。整个观众席没有一根柱子，舞台的三面高墙建满了包厢。最令人惊讶的是，这个歌剧院虽然建于十八世纪后期，但是现在看起来，和昨天才建的一模一样，是下了多么大功夫去维修的成果！

众人正要举起傻瓜相机时，老头儿又严肃地警告："政府规定，这里不准拍照！"

大家正要收起相机，老头儿继续说："我已八十五岁了，眼睛有点毛病，你们要做什么就尽管做好了，我是看不见的。"

我差点大声地笑了出来，问道："《莫扎特传》也是在这里拍的？"

老头儿赞许："你的记忆力真好。是的，莫扎特最爱这家歌剧院了，他的作品最初不受其他欧洲国家欣赏，只有我们波希米亚人喜欢。*Don Giovanni*（《唐·乔瓦尼》）一八七八年在这里首演，得到最盛大的成功。"

"现在还有表演吗？"有人问道。

"为了纪念莫扎特，我们每晚都在这里上演这部歌剧。如果你们喜欢晚上可以来看看。"老头儿说。

可惜紧密的行程不允许我们再来，下次重访布拉格，一定不会错过。这个歌剧院好处在于不大，全部只能坐五百多个人，当年表演，不用麦克风，都能听得清清楚楚。走廊上放一个小电子钢琴，怎么用的？

"我现在弹一两首曲子,让各位听听这里的音响效果。"老头儿说完把钢琴接上电,但接来接去还是接不到,发起脾气来,用捷克话骂那个导游,意思好像在说:"老早叫你们准备好了,为什么弄出纰漏?"

老头儿生气的样子真可爱,他现在唯一的慰藉就是可以再次在歌剧院中表演一次吧?连这机会也被剥夺,怪不得要发怒了。从他的眼神中,也可以看出当年他纠正乐师们的那种威严,厉害得很。

导游叽里咕噜,意思是说还有一架钢琴。这时,老头儿才息怒,指着舞台,用英语说:"各位有没有看到盖舞台的,是一张铁做的幕?政治上的铁幕会带来战争,这张铁幕却是用来防火的。"

还没走进歌剧院时,在大堂看到这间歌剧院的模型,舞台很深,占了整个建筑的三分之一,原来的设计是舞台后面也有包厢,表演者在中央,让观众团团转地包围观赏,实在是一个很新的概念。

后台是怎么一个样子?当然是我们最想看的。这时,老头儿说:"各位不懂捷克语吧?"

"不懂。"我们说。

"那太好了。"老头儿笑道,"后台用捷克语写'不准参观',既然大家看不懂,就可以进去了。"

后台的门锁着。老头儿找钥匙,左摸右摸,掏出的都打不开,又发脾气了。导游年轻,说要到管理室去拿钥匙,老头儿叽里咕噜，大概是说："不必你费神。"

以为他脚步蹒跚，哪知他飞一般跑去拿钥匙。他掏出来的钥匙中，看到有一把汽车的，原来，他每天还开车来这里呢。

不一会儿，老头儿回来打开门："从前这里是不锁的，后门通到菜市场。有一次，一个人误打误闯走到舞台，正在上演古装戏，突然跑进一个现代人来，观众以为是喜剧。"

我们从舞台下面经过，往舞台望去，才知道设计是那么厉害，整个那么大的舞台可以用人手旋转，而且是毫不花气力。

舞台后面是演员的休息室，当今改成一个饭堂，一旁摆架钢琴。老头儿坐下，向我们说："我现在弹两首曲子，第一首是捷克作曲家的作品，叫《幽默之曲》（*Humorous*），第二首是描写经过布拉格的河流沃尔塔瓦河，其中一些变奏是我自己加进去的。"

那双一见是僵硬的手，忽然变得柔软无比，十根手指化为百根，弹出两首精彩的乐章。

大家热烈拍掌，老头儿站了起来，深深地一鞠躬："谢谢各位观赏，这次歌剧院之行，到此为止。我希望，我能一直留在这里带大家看看，到死为止。"

好莱坞电影

一说到好莱坞电影，即刻有拍戏不择手段，只要赚钱就是的印象。的确如此，叫好莱坞做亏本生意，不如把他们杀了。

但是，好莱坞也爱才，有天赋的工作人员都被他们吸收，不分国籍，也不分人种，包括中国台山的摄影师黄宗霑（James Wong Howe）。

什么题材卖钱，就拍什么戏，爱情片看腻了，就拍动作电影。什么，当今人只爱看漫画？当然用漫画题材来拍，包括所谓"超级英雄"，赚个盆满钵满。卡通式的表现方法看腻了，制片家们又即刻转型，因为他们知道观众在进步，他们也非得跟随观众进步不可。

最明显的是《蝙蝠侠》，由有思想的导演克里斯托弗·诺兰（Christopher Nolan）来拍，把阴暗的人性注入，即刻又开创出一条新路来。制片家们有先见之明，也有胆识做试验性的投资，因此好莱坞才能生存。

再举个例子，之前有两部电影，一部是《终结者：黑暗命运》，一部是《小丑》。前者做个保守预估，由于之前已经有五部系列作品创造了成功的票房纪录，又有最初的大导演詹姆斯·卡梅隆（James Cameron）肯出来支持，知道在特技方面一定没有问题；加上原有的演员阿诺德·施瓦辛格（Arnold Schwarzenegger）和琳达·汉密尔顿（Linda Hamilton）上阵，以为一定有把握。但没想到得来的是一场灾难性的票房惨败：用1.89亿美元来拍，只获得1.35亿美元的收入，扣除发行费，一共要亏本1.3亿美元。

原因是什么？制作班底和演员一样，都垂垂老矣。观众对打打杀杀已经看得生厌，在那么多特技镜头的疲劳轰炸之下，就算有3D效果，加上立体音响，也看得直打瞌睡了。

反观另外一部《小丑》，只用5500万美元来拍，票房收入超过9亿美元，打破限制级电影的史上票房纪录。

这又是为什么？答案是新的尝试、新的角度、新的演绎方式，加上演员高超的演技。《小丑》是二〇一九年度最好看的电影。

在走进影院之前，我听到许多观众的反馈，说这是一部非常阴暗的电影，看了令人不快至极，得做好心理准备。但看了就知道它根本不阴暗，像是针对当今社会的写实片，也许是我们这些观众的心理已经和电影一样阴阴森森了。

故事发生在哥谭市，那里的人们都近于疯狂。小丑这个人物虽是《蝙蝠侠》中的一个喜剧性配角，但他是一个活生生的现代悲剧主角。剧本很仔细地写出他是怎么一步步变成疯子的细节：贫富悬殊的环境，母亲变态式的欺凌，大众电视节目主持人的利用和嘲笑……小丑本来是准备自杀的，结果被逼得一枪打死主持人。

编剧水平高在说故事时，把现实和幻想交叉叙述。比如小丑向邻居女子示爱，如真如幻的手法令观众也和主角一样陷入疯狂的状态。

小丑的行径已渐渐地得到疯狂群众的认可，当他是英雄般追随了。

小丑本身是善良的，他不会无缘无故地杀人，他放过了那个比他弱小的侏儒。他只是你我中的一个，错不在他，这才是这部电影的主题，也是这部电影可以得到那么多观众的认同，让他们买票走进戏院的原因。

最初，好莱坞为何有那么大的勇气来拍这么一部在普通观众看来"小众"的电影呢？

俗气点分析，这是非常便宜的投资！当所有由漫画改编的电影，像《自杀小队》，得用上1.75亿美元来拍时，《小丑》只花5500万，亏本也亏不到哪里去。何况主角华金·菲尼克斯（Joaquin Phoenix）有一批死忠的观众。他在《角斗士》中演疯狂的皇帝，已给人留下深刻的印象，后来出演的《她》和《与歌同行》更奠定了他的演技派地位。为了出演《小丑》，他减掉了将近二十五公斤体重来为这个角色做准备。

好莱坞的另一个缺点，是用包装来保护投资，一切要往大里做。拍这部戏时，导演本来要让马丁·斯科塞斯（Martin

Scorsese）来当监制，这样一来可以拉到他的好拍档莱昂纳多·迪卡普里奥（Leonardo DiCaprio）做主角。

好在有导演托德·菲利普斯（Todd Phillips）的坚持，认为主角非华金不可。他的诚意又感动罗伯特·德尼罗（Robert De Niro）来当配角，这才让这部片子开拍。

好莱坞是群魔所聚之处，也是人才的发源地，美国人将好莱坞电影当成一个重要的产业来做，这是其他国家不能够代替的。当今许多好莱坞电影中都有国人投资的影子，但只限于《终结者：黑暗命运》这样的结局。大家都知道没有一道成功的方程式，但还是把头埋下去。

电影火凤凰

在一般观众眼中,《摩登情爱》只是一部清新的爱情片集,由亚马逊的流媒体平台 Prime Video 播出,但它最近在网络平台上点击量极高,绝对是不可忽视的小制作片集。

我看到一个革命性的创举,如果香港电影能走上这条路,这将是一条光明大道,能够令已经死去的香港电影重浴火焰,变成一只不死的火凤凰。

先介绍这部剧。它改编自《纽约时报》的专栏故事,叙述发生在纽约的八个小故事,每一集都是三十分钟,探讨爱情、友情和家庭。

第一集叫《当门房变成闺密》,讲的是住在公寓中的一个单身女子,她生命中最可靠的朋友是一个门房。他不管天晴天阴都能像家庭成员一样照顾她。他帮她看男人时,看的从来都不是男人,而是她的眼睛。

单身女孩人生经验尚浅,她的男友离她而去,她独自生下了一个孩子。门房一直在她身边鼓励和支持着她,两人没有曲折的爱情故事，但有强烈的人与人之间的关怀。

第二集讲一个网上婚姻介绍所的老板，自己却得不到伴侣，直到遇到一个青春已逝的记者，看到她失去爱人的经历，才了解怎么去追求真爱。片名为《当八卦记者化身爱神丘比特》。

第三集《爱我本来的样子》讲一个躁郁症女人怎么走出不可告人的病态。

第四集《奋战到底》讲一对互相没有话可说的夫妻怎么通过打网球去维持濒临破裂的婚姻。

第五集《中场休息：医院里的坦诚相见》讲一对男女在约会中发生意外，女的一直在医院中照顾男的，彼此坦诚相待，加速了感情的升温。

第六集《他看起来像老爸。这只是一顿晚餐吧？》讲公司里的女职员和她的上司的一段感情。起初女职员以为对方只是一个像自己爸爸一样的人物，后来改变了主意爱上了他。

第七集《她活在自己的世界里》讲一对同性恋者怎么去收养一个婴儿的故事。

第八集《临近终点的比赛更美好》讲一对跑步爱好者在老年竞跑活动中相识相恋，但男的不幸去世的故事。

单单看这些片名，已知道一般公映的好莱坞片子是不会用的，现在该片集只在流媒体平台上放映，打破了高昂发行费的限制，自由奔放，想怎样取名就怎样取名。

故事也不完整，一般观众会认为没头没尾，但不要紧，你不必花钱去看，亚马逊的Prime Video特别声明它是零观赏费的。

该片集也不是完全由无名演员出演，纽约有很多演员愿意收取很低的出场费去获得一个自己能发挥的演出机会，故演员表中有安妮·海瑟薇（Anne Hathaway）、蒂娜·费（Tina Fey）、凯瑟琳·基纳（Catherine Keener）、安迪·加西亚（Andy Garcia）等。其他主要演员也许你没有听说过，但都是热爱电影的人士，有我喜欢的金发小女孩朱莉娅·加纳。此妞非常拼命，尽量争取演出机会，二〇二〇年上映的《助理》全片制作费才一百万美元，所得片酬应该比她演的电视片集《黑钱胜地》少得多。

演婚姻介绍所老板的是印度演员戴夫·帕特尔（Dev Patel），他从《贫民窟的百万富翁》开始就演过多部重要的电影，此片中他演的角色已跳出国界。

其他名演员也都不是为钱而来，也许他们认为自己是纽约人，应该为宣传纽约多做一点事。而且，此片已得到很多电视剧的奖项提名，得到单元剧的男女主角奖的机会极高，大家都愿意参与其间。

话讲回来，如果有任何投资者足够有眼光，就应该去办一个中国人的流媒体平台，全世界的华人集中起来，市场已无限大。先出资买旧的电影和电视片集，再制作一些清新的电影打头阵，这将是一个打破传统电影院上映模式的机会。至于人才，香港有大把，而黄金年代的功夫片、僵尸片以及各种富有娱乐性的片子将会得到重生。只要让大家放手去干，一定能够杀出一条血路。

流媒体制作已经在美国定型了，也证实可以成功。大家可以打破明星制度，不必付巨额费用去请他们，有才华的年轻人多的是。流媒体电影不需要大牌演员来保证票房，而且一大堆老演员都等着开工，降低片酬来演出是他们乐意去做的事。

当今 Netflix、Prime Video、Apple TV、Hbo、Disney 等都已进入战场瓜分好莱坞的市场，我们还等什么？

科幻电影

首先,我们应该把"科幻电影"和"特技电影"分开来谈,它们有什么分别呢?

前者探讨未来的太空旅行、机器人、外星人和人类生存的预言;后者较为天马行空,任何题材皆行,只靠特技取胜,没有前者的深奥和忧郁。

代表前者的是库布里克的《2001太空漫游》,在计算机动画技术还没有成熟的当年,已能用电影最基本的技巧,拍出令人惊讶的画面。镜头永远那么长,让观众慢慢看,怎么观察,也找不出任何漏洞。

反观当今的特技电影,像最新的《变形金刚3》,用短得不能再短的镜头来遮丑,就知二者的分别了。

怪不得斯皮尔伯格和卢卡斯等大师,都要向库布里克致敬,称此片为"母亲",所有的科幻电影都是她的儿子。

大儿子应该是《第三类接触》,制作费浩大,态度认真,连法国大导演杜鲁福也被请来演一角。外星人的太空站出现时，的确叹为观止，但到底少了一份诗意。

小儿子是雷德利·斯科特导演的《银翼杀手》。比较成功，拍的是科幻片中的机器人，和它的杀手，格调很高，又承继了侦探片阴森森的传统，是非常杰出的作品。

至于卢卡斯的《星球大战》系列，也只是属于特技电影，不能归纳在科幻电影之中，这包括了詹姆斯·卡梅隆的《阿凡达》。

"母亲"的祖先，是乔治·梅里爱的《月球旅行记》，黑白默片的画面。影片中，人类把一颗大炮的子弹，打到带有表情的月亮脸上。还有《大都会》的女机器人，至今还是复活着的经典。

从二十世纪三十年代到五十年代，拍了不少低成本的科幻片子，像《笃定发生》《地球停转之日》《世界大战》等，其中佼佼者是《海滨》。探讨的是核战争问题，是大导演斯坦利·克雷默的作品。

至于《金刚》《隐身怪人》《海底两万里》和雷·哈里豪森的一系列冒险片，都是属于特技电影而已。

但是同期拍的《禁忌星球》《天外魔花》《它们！》，虽都是B级片，皆可挂进科幻电影的经典之中，这也许是影评人的偏见。

与《2001太空漫游》同年代出现的，有《人猿世界》，此片有数部续集，当今又有人翻拍，是个好题材，但注重的只是怪异，不如杜鲁福拍的《华氏451》那么意义深长，升华为科幻电影的典范。

没有特技、小成本的《绿色食品》，描写未来世界中，食物短缺，老人被送进工厂，人们一面看着美好的一切，一面让老人安乐死，并当成粮食。拍得非常之震撼，是科幻片中不可错过的一部作品。

很少人提及的，是一部由印度大导演萨蒂亚吉特·雷伊在二十世纪六十年代拍的《异形》，讲一个小孩和一个外星人的友情，史蒂文·斯皮尔伯格的《E.T.外星人》，也许是受到他的影响。

很多科幻片都是改编自作家的小说，从法国作家儒勒·凡尔纳（Jules Verne），到英国的亚瑟·克拉克（Arthur C. Clarke），从赫伯特·乔治·威尔斯（H.G Wells）到艾萨克·阿西莫夫（Isaac Asimov），当然也少不了雷·布雷德伯里（Ray Bradbury）。但是改编得最多的是美国的菲利普·迪克（Philip K. Dick）。自从他的《银翼杀手》成为经典之后，接着他的科幻小说还被陆续拍为科幻电影有《全面回忆》《冒名顶替》《少数派报告》《记忆裂痕》《黑暗扫描仪》《预见未来》《命运规划局》，非封他为科幻小说之王不可。

有些小说家并不承认自己的作品和科幻搭上什么关系，如倪匡，他说他写的只是一些以外星人为题材的小说而已。

"母亲"《2001太空漫游》至今已有五十多年了，无人超越。

大排档

若各位有装Netflix收费台，也许会注意到一个叫《街边有食神》(*Street Food*)的节目，内地译为《街头美食》。它是由《主厨的餐桌》的主创者戴维·盖尔布（David Gelb）拍的，刚刚播完第一季。讲述了泰国曼谷、日本大阪、印度德里、印尼日惹、中国台湾、韩国首尔、越南胡志明市、新加坡和菲律宾宿务等地的大排档和当地人的故事。

很明显，制作人受了陈晓卿的《舌尖上的中国》以及《风味人间》的影响，因为之前的饮食节目讲旅行和餐厅，较少提及"人"。

食物会与感情结合，人离不开吃嘛。但是思乡呀，努力奋斗呀，终于成功呀，这些因素总要以哭哭啼啼的情境来表现，就忘记这是一个还要靠商业因素来存在的节目。一沉重了，就要远离观众。

《街边有食神》拿捏得刚好，其中有一两集稍微挤眼泪，但没有《舌尖上的中国》第三季那么厉害，总括来说，还算是看得过去的。Netflix很会选片子，先把《风味原产地》挑去尝试，证实了是成功的，才下此决策。

第一集讲曼谷，主要人物叫"痣姐"。一个七十三岁的瘦小老太太，脸上有一颗大痣，头戴飞行员眼罩防烟，从早炒到晚，简直是一个卡通片中的人物。影片讲述了她如何买食材，如何自创菜式，最终一步步踏上饮食名人之路。"痣姐"最拿手的当然是最便宜的泰式炒粉（Pad Thai），还有以本伤人的蟹肉煎蛋，看得令观众想专程去曼谷一趟。

节目中还有我最喜欢吃的干捞面。把两团很小很小的黄面条烫热，用猪油和炸蒜蓉捞拌，上面铺着炸云吞、叉烧、肉碎、鱼饼、肉丸，等等等等，总之配料多过面。从前还有螃蟹肉呢，但来吃的客人认为不必画蛇添足，这些简朴的配料已经够了，故取消。

第二集讲大阪，讲的并非我们印象中的各种美食，而是街边一家居酒屋式的大排档。卖的是八爪鱼烧、御好烧等，并不是什么可以引你上瘾、一吃再吃的东西，特别之处在于人物的魅力。节目里有个健谈的老头儿，到市场去看什么便宜就买什么，回到档中，用他粗糙的方式弄出美食来让客人下酒。他在节目中用独特的幽默口吻讲述自己如何辛苦奋斗，实在有点闷。

第三集讲印度德里，那些街边小吃更不是什么值得尝试的美食，这当然是我个人的偏见。薯米团子浸在糖浆中，如果不是你从小吃到大的东西，不会去碰。

烧肉串也到处都有，并不一定在街边才能吃。这一段只讲小贩和环境的斗争。

第四集讲述印尼菜市场中一位一百岁还在卖甜品的老太太，片子播出时，她已去世了，传奇尚在。印尼的甜品是令人眼花缭乱的，我第一次去就看到三百多种，回来告诉朋友，没有一个相信。印尼的饮食文化实在深远，又因为地处热带，食材随手可拈。

片中还提到用大树菠萝（波罗蜜）做的各种菜包，另有肉丸子、印尼炒饭、木薯面条，等等。

第五集带我们到台湾小镇嘉义，那里有出名的火鸡饭，还有砂锅鱼头。片中讲述了在一家叫"林聪明砂锅鱼头"的店里，女店主与上一代如何斗争和妥协的故事，非常感人。食物好不好吃不知道，一定要亲自去尝试。

一定要试的是非常特别的嘉义羊肉。把特别种类的羊肉斩件加药材，再用泥土封瓮，放进烧瓦的窑子中，炖它三天才取出，这时喝一口汤，就像店主所说，可以打通任督二脉。我看到这一集，大叫为什么我在台湾时，没有人告诉我有这一道菜！即刻决定专程去一次。看这一个节目，已值回票价。

第六集讲首尔广藏市场中一位卖刀切面的大妈，故事当然感人，所有当小贩的大妈都有那么一段故事。不过广藏这个市场非去不可，要吃什么都有，像酱油螃蟹、辣年糕，等等。这个市场吸引到你，不是因为小贩，是因为美食。

第七集讲越南胡志明市，有一排档专卖各类贝壳，其中的炒钉螺最突出。钉螺这种食材，我在内地和香港吃了都出过毛病，不碰为妙。讲越南面包的一段倒深深地吸引了我，我知道吃了一定会上瘾。

第八集讲新加坡是老生常谈，而且熟食中心小贩卖的食物只是有其形而无其味。

第九集讲菲律宾宿务也不特别。

《街边有食神》怎么漏掉了香港呢？

因为香港已经没有街边大排档了，特区政府很努力地去禁止，说什么不清洁、不卫生，至今全香港只剩下二十五家大排档。为什么大阪可以让它们存在，而香港不能？日本福冈是以大排档招徕游客的，许多外国朋友一到香港就要找大排档，但找不到。香港旅游局请我去拍一个广告，背景用的就是中环仅存的大排档，这不是骗人嘛！

有声书的世界

我从多年前开始,就再三呼吁,请爱书籍的朋友接触一下有声书吧!

眼眸一疲倦,没有什么好过听书,声音又像母亲向子女朗读。有机会试试听书,是莫大的幸福。

有声书最初是提供给爱好文学的视障者,对于一般人来说,在空闲的时候,尤其是在堵车途中,听小说或诗歌怎么说也好过听流行曲。

当美国已经把有声书发展成出版行业的重要商业市场时,我们还以为这是赚不了钱的,就算投资,也容易被盗版,得不偿失。

渐渐地,内地已经醒觉,开拓了听书市场。

我在静养的这段时间更加重视有声书,当今已经养成习惯,睡前不听书不能入眠。新作品不断出现,我也不停地搜索喜欢的。

现在的中文听书平台还处于婴儿阶段,没有美国的那么厉害，也请不到高手来录音，像微信读书，有些作品只用了文字转声音的软件，以机械声读出。不过，对于不值得用眼睛去看的书，像东野圭吾的作品，我也能忍受下来，听完他所有著作。

中文平台上，一些冷门的翻译作品也有人欣赏，像《刀锋》《人间失格》等，但多数听者还是会选《盗墓笔记》和《鬼吹灯》等。

边看文字边听书也是一种体验，很多机械声的书都有原文刊载，喜欢阅读的人听起来是双重享受。

至于听英文书，我一向不喜欢听美国腔的，尤其是加州口音的美国大兵的英语。我对这种腔调的英语强烈反感，他们每一句话的尾音都如问句般提高音调。

英语讲得最好的当然是英国人，美国人只有极少数人讲得好。这么多年来也只有格雷戈里·派克（Gregory Peck）讲得好，近年当然还有演《小丑》的菲尼克斯。

我认为电影中有一点知识的角色，都要叫英国演员来出演才有说服力。像安东尼·霍普金斯（Anthony Hopkins）、加里·奥德曼（Gary Oldman）、迈克尔·凯恩（Michael Caine）、伊恩·麦克莱恩（Ian McKellen）、肖恩·康纳利（Sean Connery）等，他们的声线都经过严格的舞台训练，字正腔圆，字字听得清清楚楚。尤其是约翰·吉尔古德（John Gielgud），听他念莎士比亚的十四行诗，简直是天籁之音。

最近找到两部小说，由知名演员读出，一部是由本尼迪克特·康伯巴奇（Benedict Cumberbatch）读的 *Sherlock Holmes: Rediscovered Railway Mysteries and Other Stories*（《福尔摩斯：再现铁路之谜和其他故事》）。小时候看过福尔摩斯小说，当今重温，觉得实在易读，引人入胜，又可以在有声书中把所有的福尔摩斯小说找出，重听一遍。

另一部叫 *The End Of The Affair*，中文名译为《恋情的终结》或《爱情的尽头》，词不达意。"affair"这个词一定包含了婚外情之意，译成《情事已逝》还有点意思。作者格雷厄姆·格林（Graham Greene）把婚外情写得非常详尽，虽有性意，但一点感觉也没有，简直应了"No sex please, we are British"（不要色情，我们是英国人）这句话。小说的精彩在于主人公的内疚和惭愧，感动了所有发生过婚外情的男性读者。这本有声书由名演员科林·费尔斯（Colin Firth）读出，听他娓娓道来是极大的享受，不容错过。

猫书

外国猫书，数之不清：油画、版画、雕塑、藏书票、邮票、明信片、日历、摄影集等，蔚为奇观，还有电影、电视剧、舞台剧呢。

中国的国画，猫出现得也不少，各位文豪对猫的文字从长篇到短篇很多，至于散文集，收集得齐全的有最近山东画报出版社的《猫啊，猫》，由陈子善编辑。

编者在文坛中做过很多贡献，尤爱周作人的文章，出版过多种文献。他自称没有想到会编这么一本猫书，有点"不务正业"的味道，但编后沾沾自喜，格外看重这本书。

无意中，猫走入了陈子善的生涯。邻居的一只猫刚来时才几个月，怯生生地躲在家里，没过多久便闯出主人门，"登堂入室"地跑到陈子善家玩。陈子善便开始了他对猫感兴趣的历程。

这只母猫愈长愈漂亮，追求者不少，也真会生，它的主人把小猫都拿去送人。陈子善最后搬到宽敞一点的住所，也讨了一只叫玛丽的小猫回家养,和猫建立了一段不可磨灭的感情。

玛丽和陈子善相处了四年,它带给他无限的欢乐。在一次寒冷的春天,玛丽从感冒转成肺炎,又遇到一个医术蹩脚的庸医,结果在手术台上断了气,令陈子善悲伤不已。

一般人会因此而不再养猫,但陈子善将它化成力量,努力收集中国的"猫散文"。从夏丏尊到丰子恺,从周瘦鹃到郑逸梅,从梁实秋到季羡林,等等,连西西和我的几篇猫散文都收集在这本《猫呀,猫》里面。

不同历史不同思想不同作风的写作人,竟然不约而同地写爱猫文章。如果人与人的关系,能像猫与人一样和睦,那么该是多么美好的一件事。

陈子善在序中说得好:如果你能与猫亲密共处,也许你就懂得了爱,懂得了理解,懂得了尊重,懂得了同情,懂得了宽容。

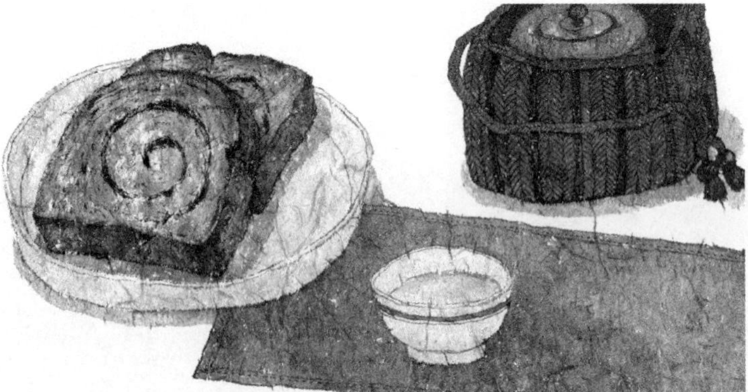

第六章

吃东西要懂得欣赏基础，才能毕业。

吃的艺术

家常菜

在我的电视节目中,介绍过不少餐厅,贵的也有,便宜的也有,但都美味。

"你试过那么多,哪一间最好?"女主持问。

"最好,"我说,"当然是妈妈烧的。"

所以在最后一集的《蔡澜品味》中,我将访问四个家庭,让主妇为我们做几个家常菜,给不入厨的未婚女子做做参考,帮她们学习照顾下一代。即使有家政助理,偶尔自己烧一烧,也会得到丈夫的赞许。

首先,我们会去上海友人的家,他妈妈将示范最基本、最传统的上海小菜:烤麸。

烤麸看起来容易,其实大有学问。扮相极为重要,第一眼要是看到那些麸是刀切的,一定不及格。烤麸的麸,非手掰不可。

葱烤鲫鱼是友人媳妇的招牌菜,由怎么选葱开始教起。如果鲫鱼有子当然更好,但无子时也能做出佳肴。可以热吃,也可以从冰箱里拿出来，吃鲫鱼汁冻，甚为美味。

友人的妈妈说有朋自远方来，不可只吃这些小菜，要另外表演红烧元蹄、虾脑豆腐和甜品酒酿丸子。当然乐意。

福建家庭做的，当然有他们的拿手好戏：包薄饼。可不能小看，至少得提前两三天准备，把蔬菜炒了又炒。各种配料，当中不能缺少的是浒苔，那是一种味道极为鲜美的紫菜。

除了做法，还得教吃法。最古老的，是包薄饼时留下一个口，把蔬菜中的汤汁倒入。这一点，鲜为人知。吃完薄饼，在传统上得配白粥。

还有潮州家庭的糜，和各类配糜的小菜。潮州人认为咸酸菜和韩国人的金渍（泡菜）一样重要。外面买固然方便，但自己动手，又怎么做呢？回头教大家腌咸酸菜和榄菜。

又买虾毛回来，以盐水煮熟，成为鱼饭。做到兴起，来一道蚝烙，此菜家家制法不同，友人母亲做的是不下蛋的。我要求最爱吃的拜神肉，那是用一大块五花腩切成大条，再用高汤煮熟，待肉冷后，切成薄片，拿去煎蒜蓉。肉煎得略焦，是无上的美味。友人妈妈更不罢休，最后教我们怎么做猪肠灌糯米。

广东人的家庭，最典型的菜是煲汤了。煲汤也不是把各种材料扔进大锅那么简单，要有工序；又如何观察火候，也是秘诀。煲给未来女婿喝，不可马虎。

最家常的有蒸鲩鱼和蒸咸鱼肉饼等，最后炒个菜，看市场当天有什么最新鲜的就炒什么，以愈方便愈快速为基本，都是在餐厅中吃不到的美味。

"除了妈妈做的菜,还有什么?"女主持又问。

"当然,是和朋友一起吃的。"我回答。

很多人还以为我只会吃,不会煮,那就趁机表演一下。

在最后一个环节,我将请那群女主持按照我的家庭菜逐味去做。

天冷,芥蓝最肥,买新界种的粗大芥蓝切后备用。另一边厢,用带肉的排骨,请肉贩斩件,汆水。烧锅至红,下猪油和整粒的大蒜瓣数十颗,把排骨爆香,随即捞起放入锅中,加水便煮。炆二十分钟后下大芥蓝和一大汤匙的普宁豆酱,再炆十分钟,一大锅的蒜香炆排骨就能上场。

白灼牛肉。选上等牛肉,片成薄片。一大锅水,待沸,放日本酱油。日本酱油滚后肉才不会变酸,又放大量南姜茸,可在潮州杂货店买到,南姜茸和牛肉的配搭最佳。

汤一滚,就把牛肉扔进去,这时即刻把肉捞起。等汤再滚,下豆芽。第三次滚时,又把刚才灼好的牛肉放进去,即成。

生腌咸蟹,这道菜我母亲最拿手,把膏蟹养数日,待内脏清除,并洗个干净,切块,放在盐水、豉油和鱼露中泡大蒜辣椒半天,即可吃。之前把糖花生条舂碎,撒上,再淋大量白米醋,加芫荽,味道不可抗拒。

猪油渣炒肉丁。加辣椒酱、柱侯酱,如果找到仁棯一起炒,更妙。

咸鱼酱蒸豆腐。

番薯叶灼后，淋上猪油。

五花腩片，用台湾甜榨菜片加流浮山虾酱和辣椒丝去蒸，不会失败。

苦瓜炒苦瓜，用生切苦瓜和灼得半熟的苦瓜去炒豆豉。

开两罐罐头，梅林牌的扣肉和油焖笋炒在一起，简单方便。

酒煮Kinki（金吉鱼），一面煮一面吃，见熟就吃，不逊于蒸鱼。

瓜仔鸡锅，这是从台湾酒家学到的菜，买一罐腌制的脆瓜，和汆水的鸡块一起煮，煮得愈久愈出味。

来一道西餐做法。把大蚝子，洋人称为剃刀蚶，用牛油爆香蒜蓉，放蚶子进大锅中，放半瓶白酒，上锅蒸焗一会儿，离火用力摇匀，撒上西洋芫荽碎，即成。

又做三道汤，分餐前、吃到一半，以及最后喝。第一道简单，用干公鱼仔和大蒜瓣煮个十分钟，放大量空心菜。第二道炖干贝和萝卜。第三道是鱼虾蟹加在一起滚大芥菜和豆腐，加肉片，生姜。

一共十五道家常菜，转眼间完成，可当教材。

食桌

小时,最喜欢听到"食桌"这两个字,表示家中办宴席,大请客人。

前来烧菜的人叫"做桌",他们搬了种种材料、几个炭炉,和一块大锌板,用来盖屋顶的那种。

先把锌皮铺在草地上,另一边烧起炭来,等炭一红,就摆在锌板上。大师傅拿了一支猎户用的双叉,穿乳猪,就那么烤起来。

记得捧着双腮,看大师傅把乳猪转了又转,绝对不会让猪皮烤得起泡。全身熟透,但表皮光滑如镜。

后来在香港吃到的乳猪,皮上都爆得起了芝麻粒,不光滑,也没有小时尝过的那么好吃。

烤完猪后便把鱼翅分了上桌,当年并不是很贵的东西。吃时一人一大碗,满满的,看到的尽是鱼翅,不像现在人吃的,有三两条在汤上游泳那么寒酸。鱼翅是红烧,没猪油红烧不成。

蒸鲳鱼为主菜，越大尾越好。大师傅把鱼肉片开，但留一部分在骨头上，让汤汁更加入味。鲳鱼上面铺满咸酸菜、中国芹菜、香菇片和红辣椒，但最主要的，还是大量的肥猪油。猪油切成幼丝，蒸后融在鱼肉之中，没有了猪油，绝对不好吃。

　　蒸后碟中剩下很多汁，除吃鱼，汁当汤喝，虽略咸，但饮酒之人不会抱怨。

　　也少不了虾枣、蟹枣，那是把虾蟹和猪肉剁碎后，用网油包起来炸，再切成粒状上桌。不用网油包的话，已不能叫为枣。

　　最后，大师傅还会做一大碗的芋泥，当然又是猪油炒出。

　　总之，潮州人食桌，全是猪油。

　　最好吃的不是食桌，而是食桌后的那几天，把剩下的东西和春菜一起翻煮，很奇怪地，猪油被春菜一吸而尽，看不见浮在上面的那一层，而这碗春菜才是天下美味。鲍参翅肚，给我站一边。

蔡家蛋粥

在西班牙拍戏,连赶几个晚班,天昏地暗,不知今天是星期几。

黎明归来,肚子饿个叽里咕噜,本来想泡一包即食面充饥的,但又觉得太对不起自己。想起小时家人所煮的粥,一阵兴奋,好好地做一餐享受享受。

吹着口哨,用第一个炉子烧了一壶开水。打开窗户,让清凉的风吹进来,顺便听听小鸟的啼叫。

把由远方带来的虾米,丢进沸水中,先冲去过量的盐分,倒掉水,再添一碗水泡出虾米的鲜味。

把昨天吃剩的硬米饭放进锅中,第二个炉子已热,加入虾米和鲜汁,滚它十几分钟。

这过程中,快刀切小红葱成细片,在第三个炉中以慢火加猪油煎至金黄。另将芫荽和青葱剁烂,放在一旁备用。

猪肉挑选连在排骨边的小横肌,这种肉煮久也不会变硬,而且香味十足,价钱很便宜。

猪肉切片后扔进粥中,使汤中除了虾米,还有别的味道变化。豪华一点可加火腿丝,但是不能太多,否则喧宾夺主。

准备功夫已经做好,再下来的一切工序都是瞬间的事。

所以态度绝对要从容,按部就班,时间一秒也不可有差错。

粥已滚得发泡,抓定主意,一、二、三,选两个肥鸡蛋打进去。

打鸡蛋壳原则上要用单手,往锅边一敲,食指、中指、大拇指三个手指把蛋壳撑开,等鸡蛋入锅后即丢掉第一个蛋壳,随着投入第二个鸡蛋。记住,用双手打开鸡蛋,是对鸡蛋不敬。

闪电般地用勺子把鸡蛋和粥捣匀,滴进鱼露,随即撒些冬菜,加入青葱和芫菜,最后,加以黑胡椒粉完成。

用小碗盛之,入口前,添几茶匙爆香的小红葱猪油。

香味喷出。听到敲门声,隔壁的同事,拿着空碗排队等待,口水直流。

试吃《随园食单》

清朝才子袁枚著有《随园食单》一书,我一直想试个中味道,奈何无时光旅行器,未能偿愿。

一天,突发奇想,要求镛记甘老板为我重现书中佳肴,他说需时间考虑,三天之后,来电称可试菜了。

昨夜欣然赴约,甘老板先拿出食谱中记载的四小菜:熏煨肉、炸鳗、鸡丁和马兰。

熏煨肉依足书上所写:"先用秋油将肉煨好带汁上,木屑略熏之,不可太久,使干湿参半,香嫩异常,吴小谷广文家制之极精。"

镛记非吴家,但做出来的绝不逊色,略为改变,用茶叶和甘蔗代替木屑,更香甜。甘先生自己先试了数次,认为极有把握了,大家各吃一块,拍掌叫好。

接下来有五大菜:萝卜鱼翅、红煨海参、假蟹、蒋侍郎豆腐、童子脚鱼。

用最高贵的鱼翅配合最廉价的萝卜丝,并非省钱,这种构想大胆，宁愿尝此吃法。看书觉得容易，做了才知难。萝卜丝要切得和鱼翅一般细幼，一下子就折断的熟了更容易稀烂，味道又太有个性，盖过鱼翅也不行。

童子脚鱼其实是山瑞，用一只和碗一般大的，壳盖起来刚好，色香味俱全。

镛记重现得极出色，《随园食单》中的菜，并无特别令人惊叹之举，平凡之中见不凡，为特色。种类也不必太多，刚刚够饱就是。

三个点心有颠不棱、裙带面和糖饼。

连酱料也是《随园食单》中出现过的虾油和喇虎酱。经我要求，加了一块白腐乳，绝不是食单做法，出自甘健成兄的父亲的私家货，只做少量来让老先生下粥。上次写过，友人纷纷想尝试，甘先生答应我在举行友好团聚的"随园食单大食会"时，每位一块。事先声明，吃了不能再叫。

小插曲

将《随园食单》复活，在"镛记"举行的大食会。老板甘健成兄很花工夫，之前试做了好几次才叫我品尝，果然有他的一套，每一道菜都在平凡中见功力，加入我的意见后推出。

菜单中有四小碟：炸鳗、熏煨肉、鸡丁、马兰。热菜是萝卜鱼翅、红煨海参、假蟹、蒋侍郎豆腐、童子脚鱼。甜品有颠不棱、裙带面和糖饼。

每一样都依足书中记载炮制，才对得起作者袁子才，连酱料的喇虎酱和虾油也不敢苟且。但特别声明，白腐乳则是甘先生令尊叫人做的，本来货少自己食用，但求者甚多，这次的盛会中拿出来共享罢了，书中并无提及。

四小碟中的熏煨肉，是把一大块方形的猪肉红烧之后，再拿去煮和用茶叶熏烤，上桌时切成十二块，每人一方。

此菜又香又滑又把油走得精光，当晚十二桌，一百四十四人，人人赞好。我打算下次聚会，请甘先生把乳猪也用同一方法烧出来。

鱼翅本非我所好，但是和萝卜丝一起煨，最便宜的东西配搭最贵的。要做得好，不容易，萝卜丝切得和鱼翅一样幼细，熟了不断，也是难事。最重要的还是好不好吃。好在所有客人都喊精彩。

童子脚鱼是用一只迷你山瑞炖成，一人一只，虽然炖得好，但是到底有些客人不吃这一类的东西，最后"安哥"熏猪肉再来一碟，让不吃山瑞的人也感到满足。

其中一位朋友踢馆："我在《随园食单》中，找也找不到颠不棱这道菜，是你们自创的吧？"

好个甘老板！即刻从办公室中拿出一大沓的《随园食单》线装书，查出菜名，向这位朋友说："你看的是新版。"

这是当晚最有趣的小插曲。

基础菜

大荣华的老板梁先生请我们一群去吃虾。

乘火车到罗湖，再转包车，直奔深圳机场附近。见一片片的水田，养的是基围虾。

树皮搭的屋子中，已准备好。最先上桌的是开边的麻虾，食指般粗，用炸过的蒜蓉蒸，虾头膏美，肉鲜甜。接着是白灼基围虾和炒狗虾。三虾三味，各不同。

我一向对基围虾没有好感，到底比不上在海洋中游水的虾鲜甜，但是这次吃到的，说是养过，只有一代左右，肉还是够味，吃完颈部还流比味精更甜的汁液，味道久久不散。

台湾有一种草虾，一养几代，像一个满口美国腔的洋女，白灼后颜色艳红，但一吃，却似嚼发泡胶，一点味道也没有。是天下最难啃的东西之一。

另一种我从来未尝过的鱼，皮厚，肉呈褐黑色，细细长长，斩成数段炒，也很鲜美，有个古怪的名字，叫"蛇耕"。蛇是没错，那个"耕"字到底是不是这么写，就不清楚了。友人说小时候常吃，长大了再也没见过，可能是因为污染而濒临绝种。

肉类菜肴则有白烫鸭，用一个热锅把鸭烫得半焦上桌；另外有只白斩鸡，当然是主人养的走地鸡，肉略硬，但细嚼后亦口齿留香。

最后是黄油蟹，好吃不在话下。梁先生提一个背包前来，打开了是一小型的手提雪柜，向主人要了数只黄油蟹装进去，说要拿回香港。他的朋友在元朗有个鱼池，所养乌头最肥美，供应给梁先生用于宴客，所以梁先生拿蟹报答。把好东西与吾等共享，梁先生是真正的食神。

这次吃到的是一顿最基础的菜，无花无巧。吃东西要懂得欣赏基础，才能毕业，如同学画的人，如果不懂得素描，一下子跳到抽象派，是死路一条。

米的广告

最近好像卖米的电视广告大幅增加。

新的一个,是一班强盗进屋子,一家人在吃饭,才不管他们。贼人搬完东西,也坐下来吃,结果被警察抓去。

广告有效吗?不失幽默,但是太搞笑,没有人会相信这个故事。

现在的人已经对吃白米饭没有什么兴趣,而且认为是肥胖的罪魁祸首,饭已吃得愈来愈少,是事实。

另一个广告,说闻到米的香味,就回来吃饭,也相当滑稽。现代生活之中,绝对不可能发生的事,谁会想起饭香而吃饭呢?

我们每天能吃到的白米,并不珍贵,有人说日本米更好吃。但也有在香港住了数十年的日本友人,现在搬回老家,每次来香港,都要拖几公斤丝苗到日本去。

广告的内容,如果能把思乡情怀拍了进去,层次更高。比方说到国外旅行,吃了多天面包,忽然经过一间中国菜馆,第一件事就是冲进去连吞三碗我们熟悉的白米牌子的饭，总比"回家吃饭"的说服力高。

我们现在用电饭煲了，但是并非每个家庭煲出来的饭都好吃。原来，有许多人吃了那么多年饭，还抓不住煮饭的窍门。

广告教人怎么煲出一锅靓饭来，是一种基础知识，很管用的。

米是最变化多端的原料，用来做海南鸡饭、扬州炒饭、包子，磨成米粉、煮成米浆，数之不尽。一样样地将各种烹调技巧教给观众，也是极有力的推销法。

"粒粒皆辛苦"，也许由张艺谋来拍，一定采取这种血和汗为题材。

叫我来拍的话，一定是怀旧的一碗热腾腾的白饭，淋上猪油和老抽了。但是，这种广告只能吸引经历了苦难日子的老饕，一般的年轻人怕猪油，吓都吓跑。

蒸大猪

终于吃到顺德的蒸猪。

一只一百多斤的大猪,放在一个长方形的大木箱中,两个人抬了出来。众人一看,"哇"的一声叫了出来。

猪已去骨,用个架子撑开,底面抹上一层五香粉,皮蒸得软熟,一下刀,很容易就切开。那么大的一只猪,可上十五桌,每桌两碟,算起来有二十多件。

吃进口,不觉得油腻,原来在蒸炊的那七八个小时的过程中,油已全去。

脆皮的烧金猪大家都吃过,脂肪不少,但这种蒸大猪连顺德人也没提过肥,实在是一种珍味。

乘船回香港时,和船长聊起天来,原来他也是个老饕。

"蒸猪,只能吃头四块。"他说。

讲得也不错,再吞就没那么好吃了。

"如果再切得薄些,可能更好。"另一位友人批评。

我也赞同,不过那种吃法已失去那种豪迈的滋味。反而认为应该把蒸猪斩成一斤斤地上桌，摆在大碗上，用手抓来大嚼，这才过瘾。

入乡随俗，人家几百年以来的做功和切法，一定有它的道理。第一次尝试，吃原汁原味，好过自己乱来。

当然不只一味蒸猪那么简单，那顿饭还有鲮鱼头尾，中间肉打成鱼蛋，煎煮出来，非常出色。其他的八九种菜，已经饱得记不起来。原来，人吃饱了记忆力会完全丧失，也是一件愉快的经验。

顺德菜变化无穷，每一次去都有新发现，当地人还介绍有种叫"污糟鸡"的，名字听起来有点恐怖，但吃过的无不赞好。朋友还说："能在餐厅吃到的，已是普通。家里妈妈烧的，才是顺德美食。"

冻

忽然，对吃燕菜糕大感兴趣。

香港人的传统做法是把燕菜加糖煮了，再打一个蛋花在里面，蛋花沉于杯底，上面凝成透明的啫喱状。吃起来无甚味道，口感却是十分好的，尤其在炎热的天气下，来一杯冰冻的燕菜蛋花糕，愈吃愈过瘾。

我们南洋的小孩子，也爱吃一种用红颜色染成的燕菜。分两层，上面是雪白的，只有整块糕的五分之一厚，勾椰浆制成。通常是用一个大圆盘，把燕菜放在里面，做成后切成一块块长方形，卖得很便宜。

燕菜是一种很神奇的东西，可在杂货店中买到。条状，比粉丝粗数倍，买个两三块钱的，用滚水煮融，结块后成透明状，就这么吃样子难看，也无味。

昨夜在黄埔的"老香港"店中看到燕菜糕，加了玉米，即刻来一块；后又经过九龙城的豆腐店也售此物，六块钱一杯，忍不住又吃起来。

做咸点,一般用的是"鱼胶粉",也能在杂货店买到。但是鱼胶粉的分量很难控制,一瓶鱼胶粉,用得少了水汪汪,多了又太硬,不过失败了一两次后便能掌握窍门。

猪脚冻多加鱼胶粉,猪脚有筋,富胶质,本身熬过后也能结冻,所以鱼胶粉不必放太多。潮州人做的鳟鱼冻,也加一点鱼胶粉,但是要放入冰箱才能凝成冻。

燕菜,不必冷藏也成冻,建议用鱼胶粉加燕菜,效果更佳。

日前去一家北方馆子,有鸭舌冻吃。鸭舌美味,但吃起来甚麻烦,这家人把鸭舌的软骨拆了,剁碎结冻,再切片上桌,扮相极佳,味道又好。

夏天,冻是最好的前菜。以此类推,喜欢吃的东西都做成冻,甚至于残余的果汁也可以炮制,一乐也。

错综复杂蛋

拍完肥牛炒芥蓝头之后，剩下一个芥蓝头。借厨房给我们拍照的"金宝"吴太太舍不得马上用来做福食，说先当几天盆栽，过后再炒。

因为时常外出，不能每星期拍一次美食照片，通常一次弄四个菜，挨上一个月。

其他三样做什么才好？街市中的鳗鱼很肥胖，但咸菜蒸鳗之类的菜早就做过了，还做什么呢？

有了，蒸菜脯蛋呀！

菜脯蛋和鳗鱼又能扯上什么关系？原来，鳗鱼和鸡蛋配搭起来，味最鲜美。日本高级寿司店的蛋，一定是一层薄蛋一层鳗鱼，慢慢煎出来的。鳗鱼酿在于蛋，看不到，但味道与众不同，这种做法，日本人称之"隐味"。

买了半尾鳗鱼，请小贩替我开边取骨，又吩咐厨房大师傅肥仔替我蒸好。肥仔是位天生的泰国大厨，任何事都不管，只会烧菜和打游戏机，食材到他手上，即刻做出美味菜。

蒸熟的鳗鱼，用调羹仔细刮出肉来，有了骨头吞下去就危险了，再把鱼蓉放进三个鸡蛋中，拌匀，备用。

菜脯当然选用上等的潮州货，就不会太咸了。乱刀将菜脯剁成细粒。

菜脯煎蛋，要餐厅大师傅或灵巧的家庭主妇做的才拿得出手。我这种半桶水，要靠花巧。

买了一个台湾榨菜，此物较四川的甜，又更脆，也将它剁了，混在菜脯之中。

下油，待冒烟，先爆香菜脯和榨菜，再将蛋倒入锅中煎。煎至微焦，即成。

"不能只是叫菜脯蛋吧？"杂志同事说。

"好。"我说，"就叫错综复杂蛋。"

大家吃了无不赞好。剩下的鳗鱼，肥仔拿去用中国芹菜和泰国豆酱蒸了出来。未上桌已闻到香味，一吃进口，即感羞耻，真正的专家，是他，不是我。

蛤和鲥

又到拍烧菜照片的时间,这星期要煮些什么?多数到菜市场走一圈,就有灵感。

想起在中山喝的一道汤,就先买了些蛤蜊,广东人叫沙蚬的。回家养它一天,放一把生了锈的刀,让它吐沙。如果你用的都是不锈钢,可把一块磨刀石置于水中代替。

将蛤蜊飞水,烫它一烫,令其中剩余的杂质冲净之后,便可以放进一个沙煲中滚汤。

现在是大头芥菜上市的季节,选两个肥大的,洗净。大芥菜的缝中最易藏沙泥,这一点切记。

另外两个大番薯,切大块。加一片姜。

三种食材可以同时滚之,二三十分钟之后,就是一煲最鲜美的汤了。

当然,番薯、大芥菜和蚬,都能将汤水煮得很甜,不过你如果没有信心的话,可加一点所谓的"师傅"。我说的并非味精。放味精任何食物都变成同一个味道。我说的"师傅"是少许的冰糖。冰糖你不反对吧？对身体也不会有害。这一点点的冰糖，保证这一道汤的成功，不是太过分。

当今又是鲥鱼最肥美的季节。鲥鱼有个"时"字边，叫人非合时不食。鲥鱼生长在富春江的最好吃，郁达夫的故乡，文章时有提起，咸淡水交界的最佳。

鲥鱼一般的吃法是清蒸，或用铁板烧之，因为它的鳞可吃，后者的做法较受欢迎。

我爱吃鲥鱼，但嫌它骨多。今天在菜市场看到一尾五斤重的，即刻买下，鱼腩部分，也有两大块。

先爆辣椒干、鲜辣椒和致命的指天椒，大量。三种不同颜色的辣椒，铺底。上面放块鲥鱼腩，也将鱼的鳞爆了爆，再猛火蒸它八分钟，即成。样子漂亮，味道好。吃时除了鱼腩中的大条骨，剩下的有如广东话中所说：啖啖肉。

家常汤

"你喝些什么汤?"记者问。

最好喝的当然不是什么鱼翅、鲍鱼之类的汤,而是家常的美味。每天煲的汤,当然用最容易买到的当季食材。

今天喝些什么呢?想不出来,往九龙城菜市场走一趟,即刻能决定。

看到肥肥胖胖的莲藕,就想到章鱼莲藕猪骨汤了。回到家里,拿出从韩国买回来的巨大八爪鱼干来,洗个干净,用剪刀分为几块,放进陶瓷煲内。排骨选尾龙骨那一大块,肉虽少,但骨头最出味,极甜。另外把莲藕切成大块放入煲内,煲两三个钟头。煲出来的汤是粉红色的,就是上海人倪匡兄最初见到、形容不出,把它叫为"暧昧"的颜色。他试过一口即爱上,佩服广东人怎么想得出来。

当今天气炎热,蔬菜不甜又老,最好还是吃瓜。而瓜类之中,我最爱的还是苦瓜。将小排骨,即肉排最下面那几条,斩成小块,加大量黄豆。苦瓜切成大片,最后加进去煮才不会太烂。这口汤，也是甜得要命，带点苦味来变化，的确百喝不厌。

至于要煲多久，全凭经验，有心人失败过几次就能掌握窍门。一直喊不会煲汤的人，是懒人。

虽说天热蔬菜不佳，但也有例外，像空心菜，也叫蕹菜，就愈热愈美。买一大把回来，先把江鱼仔，就是鳀鱼干——到处能买到，但在马来西亚槟城买到的最鲜甜——中间的那条骨去掉，分为两半，滚它两滚，味出，即下空心菜和大量蒜头，煮出来的汤也异常美味。

老火汤太浓，不宜天天喝，要煮这种简单的清汤来中和一下。

清爽一点的还有鲩鱼片芫荽汤。鲩鱼每个街市都有卖，买肚腩那块，去掉大骨，切成薄片。先把大量芫荽放进去滚，汤一滚，投入鲩鱼片，即收火。这时的汤是碧绿色的，又漂亮又鲜甜。

我喜欢的汤，是好喝之余，汤渣还能吃个半天的。像红萝卜煲粟米汤，粟米要买最甜的那种，请小贩们介绍好了，自己分辨不出的。如果要有疗效的，那么放大量的粟米须好了，可清肺。放排骨煲个一小时，喝完汤捞出粟米，蘸点酱油来啃，可当点心。

说到萝卜，青红萝卜煲牛腱不错，最好是五花腱，再放几粒大蜜枣，一定好喝。从前，方太还教了我一招，那就是切几片四川榨菜进去，味道变复杂，口感爽脆。牛腱捞出切片，淋上些蚝油，又是一道好菜。

花生煲猪尾也好喝，大量大粒的生花生下锅，和猪尾煲一两个小时，汤又浓又甜。我发现正餐之前，肚子饿的话，最好别乱吃东西，否则影响胃口，这时吃几小碗花生好了。猪尾只吃一两小段。其实当今的猪，尾巴都短，要多吃也吃不到。

猪尾、猪手，毛一定要刮干净，除了用火枪烧之，就是用剃刀仔细刮个清清楚楚，不然吃到皮上的硬毛，心中也会发毛。有时怎么清理都会剩下一些硬毛，是最讨厌的事。我曾经一而再再而三地问那些猪脚专门店的人如何去毛，他们也说除了上述做法，没有其他办法。

说到猪脚，北方人多数不会介意前蹄或后脚，广东人叫前蹄为猪手，后蹄为猪脚，就容易分辨。总之，肉多的是脚，骨头和筋多的就是手了。

当今南洋肉骨茶也开始流行起来。到肉贩处买排骨时，吩咐要肉少的首条排骨（肉太多了，一吃就饱），再去超市买肉骨茶汤包，放进锅里煲它两个小时就能上桌。别忘记放蒜头，一整颗，可先用汽水瓶盖刮去尾部的细沙。喝汤时会发现蒜头比肉美味。如果要求高些，当然要买最正宗、最好喝的新加坡"黄亚细"汤包，虽然比一般的价位高，但是值得的。煲汤时除了排骨，可放粉肠及猪肝，猪腰则到最后上汤时灼一灼即可。

在家难于处理的是杏仁白肺汤，可给多点钱请肉贩为你洗个干净。加入猪骨和杏仁进去煲，煲至一半，另取一撮杏仁用打磨机磨碎再加入。这么一来，杏仁味才够浓。

要汤味浓，也只有用这种方法。像煲西洋菜陈皮汤，四五个人喝的分量，最少要用五斤的西洋菜，一半一早就煲，另一半打碎了再煲。肉最好是用带肥的五花腩，煲出来油都被西洋菜吸去，不会太腻。总之要"以本伤人"，煲出一大堆汤渣来也可当菜吃。

另一种一般家庭已经少煲的汤是生熟地汤。用大量猪肉、猪骨，煲出黑漆漆的汤来，北方人一见就怕，我们笑嘻嘻地喝个不停，对身体又好。

跳出框框来个汤最好。当今的冬瓜盅喝惯了，已不觉有何特别，最近在顺德喝的，不是把冬瓜直放，切开四分之一的口来做，而是把冬瓜摆横，开三分之一的口；瓜口不放夜香花，而以姜花来代替。里面的料是一样的，但拿出来时扮相吓人，当然觉得更好喝了。

不过我喝过的最佳冬瓜盅，是和家父合作的。他老人家在瓜上用毛笔题首禅诗，我用刻图章的刀雕出图案，如今已成美好的回忆。

问老僧

煲了几天广东老火汤,有点生厌。路过九龙城侯王道"新三阳"时,抬头一看,挂着一笼笼的腌笃鲜,想起好像未尝过,我决定以此煮汤。

腌笃鲜就是笋尖干,亦叫扁尖,得和春笋一起煲。但春笋已过季,见店里卖着台湾来的鲜笋,此物最甜,用来代替春笋无妨。

有了两种笋,就要有两种肉,店里卖的咸肉色粉红,多一点肥肉的最佳,另外到菜市场买同样分量的五花腩。

把这四种食材过水,十分钟左右。咸肉和腌笃鲜都得过久一点,否则太咸,汤就没救了。

再移到沙煲煮,店里的上海人说煮个四十分钟就够了,我则煲了一小时。最近牙齿常痛,待肉煮得像苏东坡做的那么柔软,才好吃。

本来,还要放些百叶结,但处理起来麻烦,我干脆用豆卜代之,亦无不可,反正我不是真正的沪人,可以乱来。

煮出来的汤，鲜美到极点，就是嫌略咸了。有办法，弄一把粉丝，泡过水后扔进汤中滚，今晚不烧饭也可以吃饱了。

虽然是画蛇添足，我想，要是把江瑶柱也放进去煮又如何？第二天，即刻又试验我的腌笃鲜，发现味道又丰富了些。

第三天，又买了些活虾，等最后汤沸时放进去灼它一灼，也行。

跑去问店里的人，要是有了咸肉，再加金华火腿呢？他们摇头摆手，说万万不可。这次乖乖地听他们的话，不敢再放肆了。

看到超市中有迷你豆卜卖，方糖般大，一口可吃数个，就买来代替大豆卜，看起来有趣得多。

古诗云："夜打春雷第一声，满山新笋玉棱棱。买来配煮花猪肉，不问厨娘问老僧。"说的就是腌笃鲜吧？各位要试煮，不必问和尚，照我的方法做做，看行不行。

笋

走过南货店，见冬笋，非常新鲜肥美。

"怎么做？"向店里的人请教，是学习烹调的基本。

"切丝，和腊肉、百叶煮汤呀！要不然，做烤麸。上海人这个时候，最爱用它来做油焖。"他回答。

"做腌笃鲜不是要用干笋尖吗？"我问。

"笋尖是春天的，一长出来就割了，春笋又是另外一个味道，特点是又长又尖。"

"夏天呢？夏天笋又是怎么一个样子？"我好奇地追问。

"夏天飘出来的，都是一些大型的笋。有些很苦，会刺激喉咙，所以有的是晒成大笋干，像台湾人喜欢吃的那种；有些腌得酸溜溜的，加辣椒油。"他指着架上的玻璃瓶，"会吃上瘾的。"

"台湾有种鲜竹笋，甜得像水果，又爽又脆，煮熟后等凉了，蘸着沙律酱吃，但是我喜欢蘸豉油膏和大蒜蓉，百吃不厌。"

"这种卖价贵得要命,我们也进过货,很少会有客人出那么高的价钱去买。其实福建也有这一种笋种,就没那么贵。台湾人吃的东西,很多是福建传过去的。"

"秋天呢?有没有秋笋的?"

"很奇怪,秋天不长。"

"但是一年四季都有卖的呀!"我说。

"那是南洋笋,像泰国的天气,一年从头到尾都能长出笋来。有些笋还用硫黄泡过。"

"硫黄?我倒是第一次听到。"我说。

"中国人什么方法都想尽了。外国人做梦也没想到。"

蝉

从公主道到尖沙咀,靠近隧道口时,听到一阵蝉鸣。

叫得那么厉害!成千上万的蝉一起叫,震人耳。每次,我都听成:"夏天了!夏天了!"蝉像能说人话。

馋嘴的我,第一个反应想到的是吃。年轻时在日本尝过蝉味。一个大汉拿了一根棒球棍,向小一点的树身大力一击,从树上掉下数十只蝉。拔了翼,就那么烤来吃,香得很。

泰国菜中也常以蝉入菜。把蝉放进石臼中,加了指天椒、小茄子和鱼露,大舂特舂,做出紫颜色的酱,拿来蘸青瓜、生豆角和柳叶吃,味道鲜美得不得了,连最单调的生蔬菜都变成上等佳肴,吃个不停。

广东人一向吃桂花蝉,用盐焗。所谓盐焗,大多数人是拿去炸,再撒点盐充数。原料的蝉很香,焗和炸都不要紧。

查良镛先生的太太很喜欢吃桂花蝉,每次见到,都兴奋地说:"当年吃龙虱,两毛钱一大堆;吃桂花蝉,一只就要五角钱。"

有一次，我们在镛记吃饭，提到桂花蝉，老板甘健成先生说："刚有货到，来几只试试如何？"

众人大喜。

桂花蝉上桌，吃起来果然很香脆，好像回到二十世纪六十年代的日子，大家都变得年轻起来。

蝉的那股香味久久不散，甘先生又说："有没有听过蝉香水？"

真稀奇。他拿出两小瓶来，一闻，极为特别，非常有个性的香味。要是被法国人发现了，一定大量生产，还是不告诉他们为佳。

世界上能制造香水的，除了花朵之外，只有抹香鲸、麝尾巴和一种水獭的睾丸，比起这些东西，蝉的香水，没那么恐怖。

保护动物、昆虫的朋友请别紧张，夏天那么多蝉，全球皆是，不会因这篇文章而绝种的。

虾饺

烧卖从北方传下,虾饺可应该是南粤独有的了,何世晃在他的诗里形容:

"倒扇罗帷蝉透衣,嫣红浅笑半含痴。细尝顿感流香液,不枉岭南独一枝。"

如果查出处,是十九世纪末二十世纪初广州五凤村的村民首创。五凤村是河涌交错处,有很多鱼虾,当地人把最新鲜的虾剥壳后包上米粉皮,做出洁白清爽的虾饺来。

用的应当是河虾,最为鲜美,这点上海人早已知道。当今茶楼中以海虾代替,而且不懂得选小尾的,包出又肿又大的虾饺,一看就倒胃口。

大小像核桃,形状如弯梳,故有"倒扇"之称,至于饺子皮有多少折叠,那并不重要。最要紧的是皮薄。一厚,也令人反感;不透明、颜色混浊,更是致命伤,看见了不吃也罢。

皮的制作,说起来像一匹布那么长。先要把生粉过筛,加盐后放入不锈钢或铁盘之类易传热容器,加一百度的沸水,迅速用棍棒搅匀。粉团有专用名词，叫澄面。

澄面加猪油搓揉，这很重要，不管你怕不怕胆固醇，也得用。植物油的话，香味尽失，不如去吃叉烧包。

取一小团澄面，用中国厨刀的背一压一搓，薄皮即成。这种手法，练习多次后一定学会。

馅的做法是将河虾洗净，干布吸水，平刀压烂，加上在沸水里焯过的红萝卜丝和贡菜丝，一起打成胶，再放猪油搅拌，放入冰箱冷冻，待馅的油脂凝固，便可包虾饺了。

秘诀在于做澄面时，滚水的分量一定要算准，否则面太稠时中途加水，就失败了。而容器用易传热的，可利用余温把澄面烫熟。

蒸多久？要看你的炉大小，一般，水滚后放入蒸笼中，三分钟即熟。练习数次，便能掌握。请记得，做虾饺等点心全靠心机，动手一做，便会发现简单得很。

猪肠胀糯米

很多传统的潮州小吃,已在香港失传,庆幸其中一样——猪肠胀糯米,还是照样有大把人做。

在潮州话中,"胀"字有灌入、填满、充塞的意思。这种小食,其实就是将糯米酿进猪肠中,煮熟后蒸,或者切片煎来吃。

正宗的做法是,取猪大肠的中段,用食盐或淀粉反复搓洗,直至没有异味,再将糯米浸软,加食盐、胡椒、猪肉、茭白、花生、虾米、莲子,等等。

下一个程序是将馅料灌入肠衣,不要太贪心,七八成满就行,否则煮熟的糯米会把肠衣撑破,那就功亏一篑了。填完,将肠的两头用纱线扎紧,放进沸水锅中约煮一小时。看火力,凭经验煮,太熟了糯米软绵绵;煮得半生不熟,米又不透心。这是最难掌握的步骤,失败几次就能成功。

有的人喜欢切片来煎,我则坚持煮好就那么吃。吃时一般是浇上甜酱,我点的是酱油或者鱼露。

点橘子油最为豪华，这是旧的潮州"阿谢"（粤语俗称二世祖，即纨绔子弟）的吃法，油的制作过程极为复杂，另文介绍。当今好的橘油难寻，普通的又咽不下喉，还是点甜酱算了。

有钱人家，也会加腊肠、江瑶柱等，但失去小吃的意义。一般家庭，用心做的话，可先把花生炸过，又加一些猪油渣或干葱，是一条完美的猪肠胀糯米。

嫌自己做太麻烦，到店里去买好了。九龙城的"创发"有售，或者到"老四"的卤鹅档口，天天新鲜出炉，多走两步，到卖鱼饭的"元合"，也能买到。

潮州菜并不一定要故意创新，别忘记这些基本的平民美食就是。

海南鸡饭

从来没有在香港吃过一顿纯正的海南鸡饭。

先别说鸡肉坚韧与否,饭是不是香甜,总之,一看酱油就不是正宗味道。这里用的竟是生抽。

就算好一点的鸡饭店,也不过是用香菇老抽之一类酱油,而非新加坡"瑞记鸡饭"的那独特、又浓又黏又苦又甜又甘又香又有焦味的那一种。

鸡饭是最简单的一种大众食品。

它主要的是一碟白切鸡、一碗饭和一碗清汤。

但是这里面的学问可大了。第一,鸡是自己农场养的,不合格者被淘汰。

而所挑选的尽是最肥而又最嫩的。

把鸡灼热,熟的程度刚好是包在肉中的骨头带血红,但吸食鸡骨髓时又不带腥味,最完美。

鸡皮被烫得爽口而不带油,肉入口而化,对鸡肉的烹饪已是致最高的敬意。

跟着是内脏：鸡肝、心、肠是主要部分。吃起来必须绝对像肉，而不被食者认为在吃肮脏部分，才是最高境界。

白灼鸡剩下的汤拿去蒸饭，选上等米。

煮出来的饭圆圆胖胖的一颗颗像珍珠，香喷喷得可以当菜下酒。

蘸肉的配料，除了酱油之外，要另有一罐姜泥，它不但可以祛除腥味，还刺激食欲。

再来一罐辣椒酱，酱中含有白醋和大蒜，更加开胃。

那碗清汤是熬鸡骨而成，也可以加入猪骨煎熬，滚沸之前加入甘蓝丝，上桌时再撒天津冬菜。一片清淡，可是滋味复杂。

到新加坡时，当地友人都说"瑞记"已建成大楼，水平大不如前，介绍我去其他小摊子吃，但是我还是怀念"瑞记"的鸡饭。

因为，它不仅保持固有的水平，而且我们吃东西，怀旧的感情是不能忽略的。

奇怪得很，问去过海南的人有没有吃过地道的鸡饭，大家都摇头。

可能海南没有鸡饭，就像扬州没有炒饭一样。

白灼

把生的食物变成熟的,最好的方法莫过于白灼了。

原汁原味,灼完的汤又可口,何乐不为?

但是过生、血淋淋,或猪内脏之一类,不能吃半生半熟的;过熟的话,肉质变老了,像嚼发泡胶,暴殄天物。

要灼得刚好,实在要多年的下厨经验才能做到。

有一个简单的方法可以试试,那就是锅要大,滚了一锅水,下点油盐,把肉切成薄片后扔进去。水被冷的肉类冲击,就不滚了。这时,用个铁网漏勺把肉捞起,等待水再次滚了,又把肉扔进去,即刻熄火。余热会把肉弄得刚刚够熟,是完美的白灼。

有很多地道的小吃都是以白灼为主,像福建的街边档,一格格的格子中摆着已经准备好的猪肝、猪心、猪煲等。客人要一碗面的话,在另一个炉子中煮熟,再将上述食料灼它一灼,铺在面上,最后淋上最滚最热的汤,即成,这碗猪杂面,天下美味。

香港的云吞面档有时也卖白灼牛肉，但可惜牛肉都经过苏打粉腌泡，灼出来的东西虽然软熟，但也没什么牛肉味可言。

怀念的是避风塘当年的白灼粉肠。粉肠是猪杂中最难处理的，要将它灼得刚刚好只有艇上的小贩才做得到。灼后淋上熟油和生抽，那种美味自从避风塘消失后就没尝过。

其实任何食物都可以白灼，总比炸的和烤的简单，如果时间无法控制的话，选猪颈肉好了，它过老了也不会硬。

一般人都以为蚝油和白灼是最佳拍档，但我认为蚝油最破坏白灼的精神，把食物千篇一律化。要加蚝油的话，不如舀一汤匙凝固后的猪油，看那团白色的东西在灼熟的菜肉上慢慢地熔化。此时香味扑鼻，连吞白饭三大碗，面不改色。

啤酒

大暑，喝冰凉的啤酒固然是一大乐事，天冷饮之，又是另一番滋味。寒冻下，皮肤欲凝，但内脏火烫，一大杯啤酒灌下，"滋"的一声，其味道美得不能用文字来形容。

啤酒的制造过程相信大家都熟悉：将麦芽浸湿，让它发霉后晒干，舂碎加滚水泡之，取其糖液掺酵母酿成酒，最后加蛇麻子所结之花蕾以添苦味，发酵过程养出二氧化碳之气泡。有一天，我一定要自己试试。

世界各国都在酿啤酒，好坏分别在于各地的水。水质不好，便永远做不好啤酒，东南亚一带，就有这个毛病。美国是一个例外，它的水甘甜，但是永远酿不了好啤酒，可能跟美国人不择食的习惯有关。

气氛最好的是在德国的地窖啤酒厅，数百人一起狂饮，杯子大得要用双手才能捧起，高歌《学生王子》中的"饮、饮、饮"。或是静下来一边喝一边唱一曲哀怨的《莉莉玛莲》。

英国的古典式酒吧，客人两肘搁在柜台上，一脚踏在铁栏上，高谈阔论地喝着"苦啤"。它颜色棕黑，甜、淡，很容易下喉，一连饮十几大杯不当一回事。

法国人不大会喝啤酒，他们只爱红白酒和白兰地，越南人跟他们学的"33"牌啤酒，淡而无味。

酒精度最高的应是泰国"星哈"和"亚米力"，成分与日本清酒一样。一次和日本人在曼谷，各饮三大瓶，他有点飘然，问说这酒怎么这么强，我说你已经喝了1.8升一巨瓶的日本酒了。他一听，腰似断成两截，爬不起身来。

韩国人极喜欢喝啤酒，是因为他们民族性情刚烈，大饮大食，什么都要靠量来衡量，最流行的牌子是OB。只有他们把啤酒叫成小麦啤酒，我认为这是一个很恰当的称呼。

啤酒绝不能像白兰地那么慢慢地喝，一定要豪爽地一口干掉。三两个好友，剥剥花生，叙叙旧，喝个两打大瓶的，兴高采烈，是多么写意！唯一反对的是要多上洗手间。

饮酒是人生一乐，醉后闹事的人不是喝酒，而是被酒喝了。

牙痛食谱

拔完牙,不能即刻吃太硬的东西,设计了一份牙痛食谱。想想也过瘾,菜单如下所示。

四小碟。伊朗鱼子酱、法国鹅肝酱、日本云丹、中国鲍鱼冻。将鲍鱼最软熟部分剁成茸,高汤煨之,加鱼胶粉制冻,切片上桌。

老少平安。鱼茸蒸豆腐,鱼肉打成米粒般大的鱼蛋。用河鲜,肉较海鱼软。

蛤蜊炖蛋。只取其鲜味,蚬肉弃之。

山瑞清汤。两餐做法,裙边切粒,小杯上桌。

蔡家清炒虾仁。取游水河虾,剥壳后用刀背一拍,即爆即上。

拆骨鱼头。老鸡煨汤,把韶关的最松化的芋头蒸烂,松鱼头数个,只用云状部分。

大芥蓝焖排骨。排骨焖至入口即化。大的芥蓝,煮至稀烂,加一汤匙普宁豆酱。

清炖狮子头。肥肉六成、瘦肉四成,加入豆腐做成球状,以金华火腿煨之。

香味相投。最臭的山羊芝士蒸最臭的臭豆腐。原来叫臭味相投,美其名罢了。

意大利野米饭。违反意大利吃半生半熟米的传统,野米要完全煮熟,刨白松露菌加入。

穷凶极恶水饺。把老鸡斩件,锅底铺一个碗,炖成鸡精备用。鱼翅剁得烂碎,和燕窝混在一起包薄皮水饺煮鸡精。水饺切记要小,只有普通水饺的五分之一那么大。

三甜品。枇杷喱、椰汁大菜、榴梿雪糕。冻榴梿结成冰,去核、切片。

牙痛吃白粥配腐乳?虽然清淡可喜,但太单调了吧?已经那么痛苦,为什么还要折磨自己?奢侈享受一餐,不算过分,又不是每天拔牙,庆祝一下,应该的。

有人听了酸溜溜地:"吃了医好牙痛,治不了肉痛。"东西吃进自己肚里,有什么肉不肉痛的?想都不敢去想,痛死你算了。

反对火锅

湖南卫视的《天天向上》是一个很受欢迎的节目，主持人汪涵有学识及急才，是成功的因素。他一向喜欢我的字，托了沈宏非向我要了，我们虽未谋面，但已经是老朋友。当他叫我上他的节目时，我欣然答应。

反正是清谈式的，无所不谈，不需要准备稿件，有什么说什么。我被问道："如果世上有一样食物，你觉得应该消失，那会是什么呢？"

"火锅。"我不经大脑就回答。

这下子可好，一棍得罪天下人，喜欢吃火锅的人都与我为敌，我遭舆论围攻。哈哈哈哈，真是好玩，火锅会因为我一句话而被消灭吗？

而为什么当时我会冲口而出呢？大概是因为我前一段时间去了成都，一群老四川菜师傅向我说："蔡先生，火锅再这么流行下去，我们这些文化遗产就快保留不了了。"

不但是火锅，许多快餐如麦当劳、肯德基等，都会令年轻人只知那些东西，而不去欣赏老祖宗遗留给我们的真正美食。这是多么可惜的一件事。

火锅好不好吃，有没有文化，不必我再多插嘴，袁枚先生老早就代我批评。其实我本人对火锅没有什么意见，只是想说天下不只有火锅一味，还有数不完的更多更好吃的东西等待诸位一一去发掘。你自己只喜欢火锅的话，也应该给个机会让你的子女去尝试其他美食，也应该为下一代种下一颗美食的种子。

多数快餐我不敢领教，像汉堡包、炸鸡翅之类的。记得曾在伦敦街头，饿得肚子快扁，也不想吃快餐，宁愿再走九条街，看看有没有卖中东烤肉的。但是，对于火锅，天气一冷，是会想吃的。再三重复，我只是不赞成一味吃火锅，天天吃的话，食物便变成了饲料。

"那你自己吃不吃火锅？"小朋友问。

"吃呀。"我回答。

到北京，我一有机会就去吃涮羊肉，不但爱吃，而且喜欢吃的整个仪式。一桶桶的配料随你添加，芝麻酱、腐乳、韭菜花、辣椒油、酱油、酒、香油、糖，等等，好像小孩子玩泥沙般地添加。最奇怪的是还有虾油，等于是南方人用的鱼露，他们怎么会想到用这种调味品呢？

但是，如果北京的食肆只有涮羊肉，没有了卤煮，没有了麻豆腐，没有了爆肚，没有了驴打滚，没有了炸酱面……那么，北京是多么沉闷！

南方的火锅叫打边炉，每到新年是家里必备的菜，不管天气有多热，那是过年的气氛。甚至到了令人流汗的东南亚，少了火锅，也过不了年。你说我怎么会讨厌呢？我怎么会让它消失呢？但是在南方天天打边炉，一定热得流鼻血。

去了日本，锄烧也是另一种类型的火锅。他们不流行一样样食材放进去，而是一火锅煮出来，或者先放肉，再加蔬菜、豆腐进去煮，最后的汤中还放面条或乌冬面。我也吃呀。尤其是京都"大市"的水鱼锅，三百多年来屹立不倒，每客三千多块港币，餐餐吃，要吃穷人的。

有一回适逢香港冬天，即刻去吃打边炉，鱼呀、肉呀，全部扔进一个锅中煮。早年吃不起高级食材，菜市场有什么吃什么，后来经济起飞，才会加肥牛之类的。到了二十世纪八十年代，最贵的食材方能走入食客的法眼。但是我们还有很多法国餐、意大利餐、日本餐、韩国餐、泰国餐、越南餐，我们不会只吃火锅。火锅店来来去去，开了又关，关了又开。代表性的"方荣记"还在营业，旧老板"金毛狮王"的太太，先生走后，她还是每天到每家肉档去买那一只牛只有一点点的真正的肥牛肉，到现在还在坚守。我不吃火锅吗？吃，"方荣记"的肥牛我吃。

到真正的发源地四川去吃麻辣火锅，发现有的年轻人只认识辣，不欣赏麻，其实麻才是四川古早味，现在怎么忘了？看有些年轻人吃火锅，先把味精放进碗中，加点汤，然后把食物蘸着这碗味精水来吃，真是恐怖到极点，还说什么麻辣火锅呢？首先是没有了麻，现在连辣都荡然无存，只剩味精水。

做得好的四川火锅我还是喜欢，尤其是他们的毛肚，别的地方做不过他们，这就是文化了。从前有道菜叫毛肚开膛，还加一大堆猪脑去煮一大锅辣椒，和名字一样刺激。

我真的不是反对火锅，我是反对做得不好的还能大行其道的。只是在酱料上下功夫，吃到的不是真味，而是假味。味觉这个世界真大，大得像一个宇宙，别坐井观天了。

图书在版编目（CIP）数据

吃喝玩乐 /（新加坡）蔡澜著 . -- 北京：光明日报出版社，2023.3

　　ISBN 978-7-5194-7023-4

　　Ⅰ.①吃… Ⅱ.①蔡… Ⅲ.①散文集—新加坡—现代 Ⅳ.① I339.65

中国版本图书馆 CIP 数据核字 (2022) 第 248534 号

著作权合同登记号　图字：01-2023-0657

吃喝玩乐
CHI HE WAN LE

著　　　者：[新加坡] 蔡澜	
责任编辑：谢　香　徐　蔚	责任校对：傅泉泽
封面设计：别境 lab	责任印制：曹　净
内文插图：李知弥	

出版发行：光明日报出版社
地　　址：北京市西城区永安路 106 号，100050
电　　话：010-63169890（咨询），010-63131930（邮购）
传　　真：010-63131930
网　　址：http://book.gmw.cn
E - mail：gmrbcbs@gmw.cn
法律顾问：北京兰台律师事务所龚柳方律师
印　　刷：天津鑫旭阳印刷有限公司
装　　订：天津鑫旭阳印刷有限公司
本书如有破损、缺页、装订错误，请与本社联系调换，电话：010-63131930

开　　本：146mm×210mm	印　　张：8.5

字　　数：169 千字
版　　次：2023 年 3 月第 1 版
印　　次：2023 年 3 月第 1 次印刷
书　　号：ISBN 978-7-5194-7023-4
定　　价：49.80 元

版权所有　翻印必究